QUELQUE CHOSE
COMME UNE ODEUR
DE PRINTEMPS

Annie-Claude Thériault

Quelque chose comme une odeur de printemps

ROMAN

Les Éditions
David

FRENCH
F
THE
C.I

Catalogage avant publication de Bibliothèque et Archives Canada

Thériault, Annie-Claude
   Quelque chose comme une odeur de printemps / Annie-Claude Thériault.

(Voix narratives)
Publ. aussi en formats électroniques.
ISBN 978-2-89597-265-5

   I. Titre. II. Collection : Voix narratives

PS8639.H455Q45 2012   C843'.6   C2012-901584-9

Les Éditions David remercient le Conseil des Arts du Canada, le Secteur franco-ontarien du Conseil des arts de l'Ontario et la Ville d'Ottawa. En outre, nous reconnaissons l'aide financière du gouvernement du Canada par l'entremise du Fonds du livre du Canada pour nos activités d'édition.

Les Éditions David
335-B, rue Cumberland
Ottawa (Ontario) K1N 7J3
www.editionsdavid.com

Téléphone : 613-830-3336
Télécopieur : 613-830-2819
info@editionsdavid.com

À Stéphane

PROLOGUE

HIVER

C'était un spectacle glaçant. La neige bleue, blanche, belle, tapissait le sol comme des milliers de diamants reflétant les rayons lumineux. Je ne sais pas comment ça s'appelle. Ça porte un nom, c'est certain. C'est un procédé connu : les rayons du soleil font émaner les couleurs de l'arc-en-ciel sur de petits cristaux de neige. On dirait les écailles d'une truite visqueuse tout juste sortie de la rivière. C'est une question d'ondes, de spectre je suppose. Je ne sais plus d'où je tiens cette théorie, de Philomène sans doute, mais il paraît que plus il fait froid, plus les faisceaux lumineux sont colorés.

C'était une journée glaciale, comme seul février en connaît.

Un temps sec, cassant, cruel.

C'était un décor affreux que celui de cette neige si fraîche sur laquelle se découpaient les silhouettes de ces grands manteaux noirs, de ces épaules tristes, la trace de ces pas lourds, lents, léthargiques. Tout ce que je souhaitais, c'était chercher à comprendre n'importe quoi pour ne plus voir que les infimes détails du portrait qui s'offrait à moi : une lumière sur un glaçon, un bouton à quatre trous, une goutte qui roule, la neige qui crépite, une paupière qui se ferme. Tant qu'on ne s'attarde qu'aux menus détails, on ne saisit rien. C'est comme ça. Si on n'observe que les petits gestes, que les microscopiques choses qui nous entourent, on peut encore en oublier l'atrocité. Je n'arrivais pourtant pas à me concentrer. J'avais mal à la tête. Le cœur qui voulait me sortir du corps. L'étrange impression que le paysage était embué, irréel, qu'il disparaissait lentement.

La scène était intolérable. L'hiver, immobile, s'appesantissait sur nous. L'horizon était trop marqué. Géométriquement tracé entre un ciel trop bleu et un sol d'un blanc trop frais. Je me sentais étouffée, prise dans un étau. Dans une vulgaire boule de Noël en verre que quelqu'un aurait trop brassée, mais dans laquelle il n'y a hélas! plus de flocons. Le vertige, le mal de mer, de l'air.

Le sol craquait.

Il me semblait que tous ces visages mornes me regardaient. Scrutaient mes moindres gestes, cherchaient une parole quelconque de ma part. Des visages de poupées qui attendaient, inertes, que je les anime. Je ne voulais pas les voir. Je les imaginais en porcelaine. Des visages de poupées en porcelaine, ronds, gonflés d'eau, aux joues rosées. Des visages humides qui éclateraient inévitablement par ce froid fendant.

Mon père, grand, placide, droit, beau... mais si triste. Je le savais, je le devinais dans les petits plis de ses tempes à peine cachés sous son bonnet d'aviateur, dans la courbe presque invisible de ses épaules. Comme s'il portait un poids trop lourd pour lui. À ses côtés, ma mère, dévastée, en larmes, le visage enflé, les yeux rougis et boursouflés. On aurait juré qu'elle allait s'effondrer, s'agenouiller et disparaître sous la neige. Elle portait dans son regard l'usure de ces années de souffrance. Même le vert de ses yeux était presque devenu gris. À partir de ce moment, c'est comme si elle avait souffert pour rien. Et puis, ma petite sœur, maîtresse d'elle-même. Une main réconfortante sur l'épaule de ma mère, l'autre bien serrée en poing au fond de son gant trop grand. Ses hautes bottes de cuir noir lui donnaient une allure cavalière, chevaleresque. Son regard défiant, assuré, dans lequel je décelais tout de même une trace d'humidité, fixait la cérémonie comme s'il s'agissait d'une simple démonstration d'excavation en plein hiver. Elle a toujours su quoi faire, même à ce moment-là, même cette journée-là, c'est impensable.

Un portrait de famille incomplet, figé dans une douloureuse beauté, dans une infinie tristesse ; c'est le dernier souvenir que j'ai des funérailles de mon frère.

20 février 1996 : mon grand frère est mort.

Et moi aussi.

I

ÂCRE

1

FROIDURE

Maman voulait absolument que je l'accompagne même si elle sait que j'ai particulièrement horreur des centres d'achat. Pour bien marquer ma répulsion, j'ai décidé de marcher à reculons pendant toute la journée. J'aurais parfaitement réussi ma boutade si je ne m'étais pas arrêtée à la salle de bain. C'est que j'ai un faible pour la poésie et j'adore les graffitis. Habituellement, ça ne m'aurait pas autant perturbée, mais là, j'ai lu, inscrit avec un vulgaire crayon à bille noire sur le mur de la toilette : « Ma vie ce n'est pas une vie, c'est l'hiver. »

Un froid glacial m'a transpercé l'échine. J'ai remonté mon pantalon sans même être capable de pisser. J'ai complètement oublié ma lubie de marche à reculons. J'ai couru jusqu'au banc où maman m'attendait et j'ai insisté pour avoir une nouvelle tuque, même si le soleil de juillet nous faisait fondre la cervelle.

2

ODEUR

C'est un mélange de cannelle et de clous de girofle. J'en suis maintenant certaine : mon frère sent le sucré épicé et empeste en même temps le pot-pourri. C'est dommage. Je déteste les clous de girofle. En plus, ça me rappelle le jambon que maman fait toujours cuire le dimanche. Mais ce n'est pas sa faute, on ne choisit pas son odeur. Maman, elle, sent le lilas, ça crève le nez. Papa, c'est moins certain... je dirais le cèdre bouilli. Ma petite sœur a une odeur de jus de pomme parfumé d'une légère touche de formol et moi... je ne sais pas. On dirait que je ne sens rien. Je dois bien sentir quelque chose. On sent toujours quelque chose. Je m'appelle Béatrice Dugas, résultat de l'obsession de mes parents pour la filiation. La preuve : mon grand frère s'appelle Joachim et ma petite sœur, Philomène, deux prénoms aussi hérités de mes grands-parents. Si j'avais eu un autre frère, il s'appellerait sans doute Pamphile, le pauvre! La tragédie dans mon prénom, c'est son diminutif. Personne ne se donne la peine de prononcer trois syllabes. C'est trop long. On s'arrête généralement à deux, ou même à une si possible. Ce qui fait que mon frère est finalement Josh, ma sœur Philo et moi, Béate. Vous imaginez? Béate! Que puis-je espérer devenir en me nommant Béate? Je sais bien que la plupart des gens ne savent même pas ce que cela veut dire, mais je le sais, moi. Je divise d'ailleurs toujours les gens en deux catégories : ceux qui savent et ceux qui ignorent ce que mon prénom signifie. Il n'y a que papa que je ne réussis pas à classer. Chaque fois que quelqu'un m'appelle Béate, je vois le coin de son œil droit se replier vers le bas pendant que sa bouche forme un petit pincement irrité. Mais je ne parviens pas à savoir si c'est parce qu'il sait ou simplement parce qu'il tient à ce qu'on ne déforme pas mon prénom.

J'habite à Hull, dans une petite maison en rangée au 47 rue de Loiret, au coin de Picardie et d'Auvergne. Je n'arrive toujours pas à comprendre cette manie des thématiques insignifiantes dans les noms de rue. Pour se rendre chez moi, je vous assure, on pourrait presque continuer tout droit sur Saturne, tourner à gauche sur Jupiter, passer devant l'école de la Galaxie, tourner à droite sur la rue des Trembles, dépasser la rue des Peupliers pour finalement aboutir en France sur la rue de Loiret! Au moins, de l'autre côté du chemin de fer, il y a la rue Nelligan qui débouche sur le boulevard Miron, c'est déjà un peu mieux, il me semble. Ma rangée de maisons ressemble aux autres : le même toit noir et le même vinyle blanc. Mes parents ont cependant placé du gros tapis à longs poils vert caca d'oie dans notre salon. Je suis certaine que ça nous distingue un peu des voisins.

Mes souvenirs ne sont pas nombreux. Parfois, je me demande même si je ne suis pas née aujourd'hui, à treize ans. Tout le monde a toujours une histoire d'enfance à raconter, une journée à la pêche, une première bicyclette, un château de sable. Moi, je n'ai rien. J'ai pourtant existé. Quand je regarde des photos, je vois bien que je suis là. Mais je ne me souviens de rien. J'aurais tout aussi bien pu y avoir été collée par la suite. On dirait que je souffre d'une amnésie totale. Je ne sais pas si cela signifie quelque chose. Parfois, je me plais à m'imaginer que c'est parce que j'ai été si heureuse, qu'il n'y a rien qui est resté imprégné en moi. Mais ce pourrait tout aussi bien être le contraire. La seule chose qui me persuade que je ne suis pas ma propre invention, ce sont les odeurs qui me reviennent souvent. Je peux reconnaître un lieu simplement à son odeur. J'ai l'odorat qui ne trompe jamais. Il y a des gens qui disent : « Ça sent les boules à mites. » Mais je vous assure, ça ne sent jamais que les boules à mites. Ça peut sentir les boules à mites et le savon à linge, et le cèdre de la commode, ça peut sentir *un peu* ou *à peu près* les boules à mites, mais jamais purement et simplement les boules à mites. On a tendance à toujours vouloir tout simplifier. Il y a pourtant inévitablement des nuances, une variation, un petit pigment qui distingue une chose d'une autre. Rien n'est si simple.

Mon grand frère, par exemple, pourrait laisser croire qu'il n'est qu'un athlétique jeune homme aussi commun que n'importe quel autre. Mais si on s'y attarde un peu, on dirait plutôt qu'il est un pirate : toujours aux aguets, prêt à sortir son crochet, le regard hagard d'un matelot ayant trop fixé l'horizon. Ma petite sœur apparaît elle aussi d'abord comme une jeune fille tout à fait ordinaire, mais en l'observant bien, on a plutôt l'impression qu'elle est une étrange calculatrice. Elle additionne les talents, soustrait les paroles, multiplie toujours les possibilités et divise les aliments de son assiette selon leur catégorie. Elle est une petite sœur au carré et, je vous assure, j'ai l'impression de pouvoir appuyer sur C pour que tout s'efface.

3

PAIN AUX DATTES

J'avais à peine huit ans quand j'ai découvert que mon grand frère était un menteur compulsif, toujours prêt à troquer une pomme pourrie contre un panier de fraises fraîches. C'est un de mes rares souvenirs, mais je m'en souviens de façon éclatante, avec, de surcroît, l'amer goût d'un pamplemousse qui m'est resté en bouche, en plein centre de la langue, ou plutôt non, sur les côtés, entre le palais et le creux des joues.

Cette journée-là, comme d'habitude, j'allais rejoindre mon frère dans le grand terrain au bout de notre rue : la côte banane. Mais, avant même d'y arriver, je le vis apparaître, haletant, en sueur, les yeux presque sortis de leur orbite, telles deux cerises globuleuses. C'était horrible : il avait le visage figé comme un citron confit.

Il se mit à me parler de la forêt au fond de la côte banane. Je n'ai pas tout à fait compris l'histoire parce qu'il délirait un peu, tellement il avait peur. Il parlait comme s'il avait un noyau de prune coincé dans la trachée. Je n'arrivais qu'à saisir quelques fragments : une secte, un dépotoir de vieilles voitures, la forêt, des gens rasés, armés et masqués. Mon frère répétait sans cesse : «Ils savent que je sais, ils savent que je sais.» Il était traqué, suivi, poursuivi par eux parce «qu'ils savaient qu'il savait». Je lui demandais sans cesse :

— Tu sais quoi, Josh ?

Et je le voyais presque trembler en secouant la tête l'air de vouloir me faire comprendre qu'il ne pouvait pas parler, oh non ! surtout, ne pas parler. J'aurais dû m'effondrer de peur, mais c'était tout simplement intolérable de voir mon grand frère si ébranlé.

J'ai instinctivement attrapé mon bâton de hockey fièrement signé *numéro 44* pour me donner un peu de courage, et j'ai couru à la côte banane. Je n'avais aucune idée de ce que j'allais y faire, mais il fallait faire quelque chose. Sans même m'en rendre compte, j'ai courageusement traversé la côte, enjambé la voie ferrée, affronté le désert périlleux pour atteindre, tout au fond de la côte banane, la grande forêt. Personne n'osait s'y aventurer. C'était un endroit sombre, ténébreux, avec des pins blancs gigantesques et des corbeaux criant constamment des kraa, kraa, kraa funèbres. Zone sinistrée, les baies y étaient toxiques et j'étais alors certaine qu'il y avait là des cadavres de femmes étranglées par un tueur en série totalement fou. Je n'y peux rien, j'ai l'imagination qui s'active toujours trop vite. Je n'étais donc pas surprise qu'il puisse y avoir là une secte de gens masqués qui voulait s'en prendre à mon frère.

J'ai passé deux heures aux aguets dans la forêt de la côte banane avec mon bâton de hockey armé pour un lancer frappé sur une tête rasée. Mais je n'ai entendu que de gros corbeaux croasser et vu que des araignées fourmiller. Il n'y avait ni secte, ni hommes masqués, et heureusement aucune femme étranglée.

Quand je suis revenue, assoiffée, affamée, je voyais à la fenêtre mes parents, Philo et Josh me regarder. Je me sentais tout de même un peu héroïque. Moi qui avais toujours eu peur de tout, j'avais bravé les intempéries, gravi des montagnes, traversé des sécheresses et pénétré la forêt. Je suis alors entrée dans la maison et un peu théâtralement, la tête haute, le corps légèrement accoté sur mon bâton, le ton subtilement dramatique — pour donner un peu de contenance à mon exploit —, j'ai affirmé :

— Non, je t'assure, frérot, il n'y a pas de cimetière d'autos, ni de secte des rasés-masqués, ils sont sans doute partis.

Josh a esquissé un petit sourire mi-figue, mi-raisin dont le sens m'échappait. Ce pouvait être timidement : « Oh merci, ça ira mieux maintenant », avec méfiance : « Oui, mais ils savent où je suis », ou sadiquement : « Mais quelle demeurée celle-là ! » C'est alors que j'ai entendu Philo, maman et papa s'esclaffer, ils s'époumonaient à force de rire, et Josh, par terre, hilare. Ça empestait le gâteau aux dattes brûlé. Puis moi, humiliée, idiote, naïve, je n'ai ni ri, ni pleuré ; j'ai simplement eu honte d'avoir autant aimé mon frère. J'ai alors bêtement déclaré :

— Le gâteau brûle.

J'ai ensuite agrippé un pamplemousse qui traînait sur la table et l'ai lancé plusieurs fois dans les airs en le rattrapant comme un joueur de baseball. J'aurais voulu le leur lancer par la tête, mais je me suis contentée de mon petit jeu pour me défouler. Philomène avait les mains devant le visage et on n'apercevait plus que ses gros cheveux bruns bouclés bouger avec ses hoquets. Maman avait un immense sourire qui lui déformait le visage et les yeux rivés sur Joachim qui était recroquevillé sur le plancher tellement il riait. Je suis descendue dans ma chambre et j'ai croqué dans mon pamplemousse en oubliant d'enlever la pelure.

4

WU

Wu est déménagée dans notre maison, je veux dire dans notre rangée de maisons, la journée de mes quatorze ans. Wu ne s'appelle pas Wu, elle s'appelle plutôt Chloé. Mais comme elle est Chinoise, tout le monde la surnomme Wu. En fait, elle n'est pas Chinoise. Elle a été adoptée lorsqu'elle était si petite qu'elle ne sait rien de la Chine. Elle ne parle même pas chinois, ou mandarin, ou en tout cas la langue qu'ils parlent là-bas. Je suis certaine qu'elle va le parler bientôt par contre, parce que son français est meilleur que le nôtre, et en plus, à quatorze ans, elle parle déjà l'anglais. Moi aussi je devrais parler l'anglais parce qu'on a des cours à l'école, mais ça m'ennuie. En plus, maman lutte pour que son hôpital puisse continuer d'offrir des services en français, alors je ne vois pas pourquoi j'apprendrais l'anglais : il me semble que je lui nuirais.

Wu est une artiste. Elle peint de magnifiques tableaux. Ce sont souvent des personnages un peu étranges avec, par exemple, des mains gigantesques, mais de minuscules bras. Celui que je trouve le plus beau est une espèce de nain avec un cou d'une longueur incroyable et des mains plus qu'obèses. On croirait voir un nain géant difforme. Il joue d'un saxophone transparent et porte un kimono or et rouge. J'ai accroché ce tableau dans ma chambre. Il est indescriptible… avec un petit quelque chose d'inhumain qui le rend dérangeant. En le regardant, on voudrait détourner la tête tellement il est horrifiant. Mais, en même temps, on est si intrigué qu'il nous faut absolument regarder. Wu peint doucement, délicatement et tendrement ces

magnifiques et grotesques personnages qui oscillent entre
l'humain et la bête. Elle tente en vain de me convaincre
qu'elle n'a pas conscience de tout cela, que quand elle peint,
elle le fait juste comme ça, spontanément, naïvement. Elle
trouve que c'est moi qui donne trop de sens à ce qu'elle fait
et dit que j'ai un regard impardonnable tellement il décèle
tout, une sensibilité suraiguisée. Peut-être... mais contrai-
rement à elle, j'arrive tout juste à dessiner un bonhomme
allumette.

Wu et moi, nous sommes toujours ensemble. Elle passe
ses soirées à la maison et dort ici presque la moitié de la
semaine. Les filles de quatorze ans s'amusent généralement
à se maquiller comme leur mère et passent leurs soirées
à parler des garçons en gloussant nerveusement comme
des poules. Ma petite sœur n'a que douze ans et elle porte
déjà du mascara. Quoique sur elle, ça ne fait pas du tout
petite garce, mais bien chic, classe. Peu importe, Wu et
moi avons mieux à faire que de nous beurrer le visage.

Hier, nous avons passé la soirée à chercher un mot pour
décrire un sentiment qui nous anime toutes les deux. Nous
l'avons cherché partout, nous avons feuilleté des romans,
des livres de poésie, nous avons même presque tout lu le
dictionnaire, mais le mot n'est jamais apparu. Trouver un
mot est un plaisir tout aussi exquis que celui de reconnaître
une odeur. On traverse une rue, on croise un restaurant,
on s'allonge dans un parc ou on traîne dans un jardin et
soudainement on sent. Oui, oui, on sent quelque chose. Ce
peut être le goudron chaud, la coriandre fraîche, le métal
des chaînes d'une balançoire sur nos mains ou simplement le doux relent d'une marguerite, mais on sent quelque chose. Puis, brusquement, ça nous frappe. L'odeur, je
veux dire. Elle nous envahit. On ne peut plus être ailleurs,
on ne peut plus être simplement Béatrice qui marcherait

n'importe où, non, on est obligés d'être précisément là, avec cette senteur-là, dans cette rue-ci au moment précis où le soleil réchauffe l'asphalte pour en faire exhaler ses moindres particules. Voilà ! C'est précisément cela trouver un mot : fixer, figer, dire. Même si on ne l'a pas trouvé, hier, notre mot, je suis persuadée qu'il en existe un. Il existe toujours des mots pour immobiliser ce que l'on ressent.

Il y a quelques semaines, mes parents ont accepté de nous organiser un petit espace dans la salle de télé, en bas, avec un chevalet pour Wu et une bibliothèque dans laquelle je pourrai mettre mes livres et mes futurs livres. Évidemment, mon frère a grogné. Animal sauvage protégeant sa tanière. Un gros rugissement de sa part et tout le monde s'incline. Il était vraiment en rogne cette fois-là. Je l'entendais gratter dans le mur comme s'il voulait creuser un tunnel. Je l'entendais marcher, tourner, gratter, marcher, tourner, gratter et recommencer encore plus fort sa marche, son tournage et son grattage. J'ai l'impression que mon frère devient de plus en plus bestial, territorial. Cette journée-là, c'était en grattant sans cesse et de plus en plus fort sur le mur. J'étais complètement exaspérée. Je suis sortie de ma chambre en lui criant vulgairement :

— Non, mais tu as fini de gratter comme un rat ?

Il a tourné la tête vers moi dans un geste lent, infiniment lent, et avec un regard globuleux, bovin, vide, a simplement répondu :

— Moi ? Tu m'parles à moi ?

Wu s'est esclaffée, mais je n'entendais pas à rire des remarques incongrues de mon frère animal.

— Josh, j'en ai marre !

— Moi aussi, moi aussi, répéta-t-il d'un ton absent, comme s'il souffrait tellement qu'il était immunisé.

Son visage était effrayant. J'hésitais entre l'envie de le réconforter et celle de simplement m'effondrer sur lui en le martelant d'insultes. Je n'arrivais pas à savoir s'il voulait rire ou s'il s'apprêtait à attaquer. C'est une bête. Un chien sauvage qui veut jouer, mais qui peut se mettre à mordre à n'importe quel moment. J'ai finalement opté pour l'ignorance simple. J'ai alors brusquement tourné les talons en exagérant le mouvement de mon bras qui laissait entendre : « Ah ! pis laisse donc faire ! »

— Béate ?

— Quoi ? répondis-je, sèchement.

Il me demanda d'un air piteux :

— Tu m'diras s'ils reviennent, hein ?

— Qui ça ? dis-je, aussi rudement.

— Ben eux, les gens d' la secte, t'sais, ils sont rasés avec des masques étranges, affirma-t-il avec un léger sourire que je n'arrivais pas à décrire comme étant moqueur ou simplement timide.

Wu m'a regardée avec interrogation. J'ai eu honte de mon frère animal. J'ai simplement baissé les yeux pour éviter son regard. Je n'avais pas envie d'expliquer que mon frère s'amusait depuis longtemps à m'humilier avec ses histoires de secte et de masques. Je n'avais pas envie d'être là, d'être ça, d'avoir ce frère-là. Et puis, je l'avoue, je ne savais tout simplement pas quoi dire devant toutes ces émotions qui se bousculaient.

Mais surtout, j'avais peur de perdre Wu.

Je craignais qu'elle se sauve devant l'étrangeté de ma famille.

5

GRENOUILLES

— Béate, lève-toi, me murmura doucement mon frère à l'oreille.

— Hein… balbutiai-je, endormie et confuse.

— Lève-toi, répéta-t-il tout bas.

— C'est la nuit! protestai-je faiblement.

— Je sais bien, mais je veux te montrer quelque chose.

Je me levai péniblement, craignant ce que mon frère pouvait bien vouloir me montrer qui ne pouvait attendre et en même temps surprise de tant d'insistance de sa part.

— Tiens, je t'ai apporté des bottes.

— Des bottes?

— Oui, oui, c'est qu'il faut aller dehors.

— Mais Josh, c'est la nuit, et je…

— Je sais bien, je sais bien, mais tu vas adorer, affirma Joachim en m'interrompant.

— On réveille Philo aussi alors?

— Non, non, Philo n'appréciera pas autant que toi.

— Ah bon! dis-je simplement oscillant entre la fatigue et la curiosité.

Josh me tendit un manteau de pluie jaune alors qu'il ne pleuvait pas, mais je n'avais pas la force de l'interroger davantage et l'enfilai docilement. Il marchait tout doucement, silencieusement, pour ne pas réveiller Philomène, papa ou maman. Il s'empara de son sac à dos visiblement déjà prêt pour son expédition mystère et ouvrit habilement la porte arrière sans en laisser entendre le moindre petit grincement. Une fois dehors, il me fit signe de le suivre. Il marchait si joyeusement, qu'on aurait dit qu'il trottinait, qu'il sautillait. J'avais peine à ne pas le perdre tellement il semblait pressé. Je devais avoir une drôle d'allure : en pleine nuit avec mes grosses bottes et mon manteau de pluie jaune, gambadant mollement derrière mon grand frère.

Il s'arrêta finalement au bout de la rue, là où il n'y avait qu'un simple fossé marécageux et plus aucune maison. Il me fit signe d'attendre. Il enfila lui aussi un imperméable, descendit dans le fossé et y déposa quelque chose. Puis, il sortit un paquet d'allumettes de la poche de son sac, alluma ce qui semblait être une bougie et courut se mettre à mes côtés, le visage rayonnant. J'étais sans doute trop fatiguée pour être réellement consciente de ce qui se passait, mais soudainement, une énorme détonation m'a cloué les deux pieds au sol. Un silement strident m'a en même temps déchiré le tympan et je me souviens avoir pensé que je ne pourrais plus jamais entendre quoi que ce soit. Puis, le fossé a littéralement explosé devant nous. Tout s'est passé si vite que j'ai à peine eu le temps d'apercevoir la marée de boue gluante qui s'est effondrée sur nos têtes. Des algues verdâtres et poisseuses ont collé à nos imperméables jaunes et quelques quenouilles décomposées flottaient comme des pétales dans le ciel sombre.

— Qué cé ça ? ai-je hurlé, dégoûtée, en regardant mon frère.

— Une explosion de grenouilles, me répondit-il, satisfait et souriant.

— Et je suis supposée apprécier ça, moi ?

— Mais Béate... t'as sûrement jamais senti ça de ta vie des grenouilles explosées, ajouta Joachim toujours heureux, mais légèrement suppliant, comme s'il sentait qu'il devait se justifier.

— En effet, répondis-je en laissant planer le doute entre le remerciement et l'insulte.

6

GÉOMÉTRIE D'AOÛT

Ce matin, c'était le premier août, un matin apparemment comme les autres. Je portais mon vieux pyjama à carreaux, j'avais les yeux semi-collés et de vieilles pantoufles en phentex avec des losanges rouges et verts. J'ai monté les marches de l'escalier silencieusement pour ne réveiller personne. Je me suis assise seule, dans la cuisine, et j'ai attendu. Je ne sais pas exactement ce que j'attendais, mais j'ai attendu. Puis, lasse d'attendre, je me suis mouillée minutieusement le bout de l'index et j'ai machinalement tourné la page du calendrier qui affichait encore juillet.

Au-dessus du mois, il y a toujours les éternels dessins de calendriers indigestes et fades. L'an passé, je me souviens, nous avions celui des scouts sur lequel on apercevait des petits garçons en rond autour d'un feu. Et je ne parle pas de l'année précédente où nous avions simplement hérité d'un calendrier de la caisse populaire Desjardins dans lequel n'apparaissait comme unique décoration qu'un pentagone vert représentant supposément l'institution.

Mais ce matin, en tournant la page, il y avait, pour le mois d'août, un dessin percutant. Je suis restée immobile, sans voix, émue. C'était une panoplie de rectangles, certains beiges, d'autres bruns, d'autres blancs, empilés les uns sur les autres évoquant un château de cartes chambranlant. Aucun ordre, chaque rectangle avait sa propre grandeur et sa propre couleur un peu morne. Rien à voir avec le mois d'août. Le néant, aucun lien, le vide. Et que dire du dessin… sans sens, sans appel à un monde connu, sans référence aux feuilles d'octobre, à la neige de janvier ou au soleil d'août. L'absurdité brute, pure, apparue de nulle part et pour rien. Sous le dessin, il y avait le nom du tableau : *Rectangles selon les lois du hasard* de Hans Arp. C'était ça, oui : le hasard. Rien d'autre que le hasard. Et ce tableau était aussi là par hasard, sans raison. Comme moi, comme nous, le résultat d'une série de facteurs tous plus contingents les uns que les autres, tous aussi peu nécessaires. Hans Arp avait raison. Je me suis imaginée à vol d'oiseau dans mon ridicule pyjama à carreaux rouges et bleus devant un banal calendrier rectangle, émue, les larmes aux yeux. Tout me semblait soudainement d'une incompréhension et d'une futilité indescriptibles. Il n'y avait plus que des formes qui se mélangeaient autour de moi : un plafond rectangle, un haut-parleur rond, un ordinateur carré, une lampe hexagonale. Une guerre de formes géométriques qui s'entrechoquaient jusqu'à ne faire qu'une lourde glue incolore et innommable.

Il me fallait absolument aller voir maman pour lui expliquer. Il fallait qu'elle sache que je savais maintenant, que je comprenais. Maman était secrétaire à l'hôpital Montfort, de l'autre côté de la rivière, elle devait bien savoir elle aussi, elle devait bien connaître l'absurdité. Papa, lui, travaillait avec des fils de téléphone pour Bell Canada. J'avais peur qu'il ne sache pas encore. En transe, j'ai dévalé les escaliers pour aller trouver maman, j'ai même eu l'impression d'avoir simplement volé, plané jusqu'au sous-sol.

Puis, elle était là. Là. Assise sur la dernière marche des escaliers, la tête dans les mains, pleurant.

Ma mère pleurait.

Et tout est allé trop vite. J'ai entendu la porte claquer et mon père, toujours si doux et pondéré, crier violemment à Josh qui dévalait déjà le perron :

— C'est ça, va prendre de l'air! Mais tu toucheras pas ta mère comme ça mon p'tit gars!

J'étais paralysée. J'imaginais Joachim frapper maman. Je voyais papa perdre sa carrure habituelle et maman complètement déformée par les larmes. Je devais ressembler à une statue de plâtre carreautée clouée sur deux marches à la fois. Je suis soudainement devenue rouge et chaude. J'allais brûler vive, fondre. Je n'entendais plus rien, rien que les pleurs aigus de ma mère. Il n'y avait que des mouvements vagues, flous, comme des traits de couleur qui défileraient si lentement qu'ils laisseraient un énorme tracé rectiligne dans leur sillage. Un film au ralenti avec des voix qui ne ressemblent qu'à de gros sons ronds, barbares et inaudibles. Maman qui bougeait en forme de triangle. Un courant d'air lourd et ovale.

Une porte rectangle qui se ferme.

Papa qui encercle maman dans ses bras.

Et moi, immobile, transparente, sans forme.

Futile.

7

ABSURDITÉ

J'ai trouvé, dans des poèmes, un oiseau qui ne pouvait pas marcher à cause de ses ailes de géant et de la neige qui a elle-même neigé. En marchant dehors, j'ai croisé un corbeau qui picochait une carcasse de moineau au beau milieu de la rue des Manchots. J'ai lu une citation qui disait : « Les racines des mots sont-elles carrées ? » Puis, une autre qui disait : « Ce n'est pas que j'ai vraiment peur de mourir, mais je préfère ne pas être là quand ça arrivera. »

Hier, mon frère s'est promené avec un chaudron sur la tête et une poêle dans les mains toute la journée.

8

HOMO SAPIENS

Je lisais mon gros livre de biologie quand papa est rentré du boulot. J'étais plongée dans un chapitre sur les théories de l'évolution. On y expliquait que le lémurien est dans la lignée de nos ancêtres, car il a les yeux à l'avant du visage, ce qui lui permet de voir en trois dimensions et de mieux manier les outils. En plus, il a les mêmes mains préhensiles que nous. Je n'ai même pas entendu mon père entrer. Le lundi soir, il travaille directement dans les maisons à brancher des fils, alors il termine plus tôt et il nous rapporte toujours un petit quelque chose, souvent du chocolat. Ce soir, en entrant, il a crié tout heureux :

— J'ai bien mieux que du chocolat aujourd'hui !

Mon frère n'a pas bronché, il jouait encore à Mario Bross et je suppose qu'il était concentré à gagner quelques vies. Je me suis dit qu'il n'avait pas l'air d'avoir plus d'*homo* en lui que le lémurien. Ses mains préhensiles lui servent à tenir une manette et ses yeux à l'avant du visage à regarder l'écran du Nintendo. Il a fallu attendre au moins une heure avant qu'il ne daigne devenir un bipède pour venir voir ce que mon père nous avait apporté. C'est toujours comme ça ici : on vit au diapason des caprices de mon frère lémurien.

Papa a brandi une enveloppe de sa poche — j'ai tout de suite reconnu le logo, c'était le CH du Canadien —, en s'écriant :

— Cinq billets pour le match de mercredi !

Incroyable ! Pour nous ? Des billets ? Un vrai match au Forum, à Montréal ? En plus, c'était le cinquième match de la série, les Canadiens en avaient déjà remporté trois :

3-2 ; 4-3 ; 3-2. S'ils réussissaient à vaincre à nouveau les Kings, c'était la coupe Stanley! Et moi, j'avais maintenant des billets pour ce match-là ? Lémurien et moi, depuis que nous sommes petits, nous adorons le hockey. Lémurien a même une superbe collection de cartes, mais moi je préfère les parties et j'ai toujours rêvé d'aller en voir une vraie à Montréal.

Papa nous a raconté que Bell Canada avait fait tirer ce cadeau parmi ses employés et que c'est son ami Richard qui l'avait gagné. Mais Richard est un partisan invétéré des Sénateurs d'Ottawa, il l'a donc offert à mon père, sachant que lui, Lémurien et moi, nous allions être très contents. Je ne comprends pas comment Richard peut aimer les Sénateurs d'Ottawa. Je pense qu'il habite à Kanata, mais quand même.

Maman m'a dit que je pouvais demander à Wu si elle voulait venir à sa place. Je connais maman, ce n'est pas parce qu'elle n'aime pas le hockey, c'est simplement pour me faire plaisir. Nous sommes donc euphoriquement partis tout de suite après l'école pour Montréal, papa, Philo, Wu, Lémurien et moi dans notre Pontiac 6000 avec nos chandails du Canadien déjà fébrilement enfilés. Nous allions dormir chez ma tante, et aller au match le lendemain. Les parents de Wu avaient même accepté qu'elle manque une journée de classe pour venir avec nous.

Montréal est à peu près à deux heures de route et ma tante Rita nous attendait pour souper. C'est toujours un festin d'aller chez elle parce que son mari est Arménien et il prépare des repas incroyablement délicieux avec des soudjouks parfaitement épicés, des dolmas juteux, du mouhamara savoureux et du pain pita irrésistiblement moelleux. Il y a aussi une constante odeur de thé à la menthe et de cardamome qui flotte comme une aura au-dessus de presque toute la rue Casgrain. Chez nous, il n'y a que du King Cole.

Wu était heureuse. Elle n'a ni sœur, ni frère. En fait, elle n'a pas beaucoup de famille, peut-être trois ou quatre oncles, sans plus. C'est pourtant déjà mieux que si elle était restée en Chine parce que là-bas, il y a des lois qui obligent à n'avoir qu'un seul enfant. Peu importe, je crois que Wu aime bien venir chez nous parce qu'on est cinq, avec elle, six même. Chez Rita, on était au moins douze, avec Arthur et Hector, les frères de papa qui étaient venus spécialement pour nous voir.

Après le souper, on est allés dans un magnifique café-bar, juste à côté, rue Saint-Laurent. Pour entrer, il faut passer par de grandes portes tournantes, puis on arrive dans une pièce qui ressemble à un vieil entrepôt, avec des poutres de fer et des plafonds si hauts qu'il y a toujours l'écho des tasses et des assiettes qui vous revient à la tête. Il y a aussi, et surtout, de magnifiques bibliothèques dans lesquelles traînent des revues et d'innombrables livres que l'on peut acheter. J'ai eu droit d'en choisir deux. La section poésie était si petite que j'ai dû prendre des romans. Pendant ce temps, Lémurien buvait une bière, même s'il n'a que dix-sept ans et Philo, elle, était complètement hypnotisée par le fonctionnement des grosses portes vertes tournantes de l'entrée. C'est toujours pareil avec elle, elle s'intéresse à des choses si techniques et insignifiantes : l'épaisseur d'un clou, le poids d'un pont, les composés du béton. Papa a bu au moins trois cafés qui sont tous magistralement apparus en glissant plus de trois mètres sur le comptoir métallique du bar.

On a ensuite passé presque toute la nuit à se raconter des inepties et à rire comme des fous tous les quatre.

Le lendemain, on est allés visiter le Jardin botanique, mais tout le monde n'en avait que pour le hockey. Partout, il y avait des drapeaux du Canadien : sur les voitures, sur les balcons, sur les portes, dans les fenêtres. Le bonhomme du dépanneur, le guichetier du métro, la radio... tout le monde ne parlait que de hockey. Et on se surprenait tous à rêver qu'ils gagneraient la coupe Stanley ce soir, ici, à Montréal, devant nous, devant moi !

Il était cinq heures et on se dirigeait vers le Forum pour aller manger avant la partie lorsque Lémurien a fait sa crise. Je ne comprends pas, c'est comme s'il s'était soudainement rendu compte qu'il était dans une voiture et qu'il était claustrophobe. Il bougeait sans cesse, comme par inconfort. Il est devenu sombre, un peu agressif et a demandé à papa d'arrêter la voiture. Mais papa ne voyait pas son visage imprégné de terreur parce qu'il conduisait. C'est Philo qui était à l'avant. Alors, il a gentiment dit :

— Attends un peu Joachim, on devrait arriver bientôt.

— NON, NON, NON, NON, J'PEUX PAS ATTENDRE ! a hurlé violemment mon frère lémurien comme s'il avait six ans et une envie de pisser épouvantable.

Wu s'est tortillée sur son banc. Elle se sentait de trop, pas à sa place. Elle ne comprenait pas pourquoi Lémurien devenait soudainement si étrange. Moi non plus d'ailleurs, mais j'étais habituée.

— Joachim, nous arrivons dans dix minutes, a ajouté calmement papa comme si Lémurien n'avait pas bien compris.

— J'm'en câlisse, il faut que je descende tout d'suite, fuck, tout d'suite !

Il a alors ouvert la portière en pleine route. Mon père a brusquement freiné en se tassant sur l'accotement. Personne ne parlait. Philo regardait l'autoroute l'air de se

ÂCRE

demander comment on avait pu construire de si nombreux viaducs, Wu était incroyablement mal à l'aise et moi je ne cessais de me répéter : « Non, pas aujourd'hui, pas encore lui aujourd'hui ! »

— Mais qu'est-ce qui se passe Joachim ? demanda papa.

— C'est vraiment pas une bonne place pour moé icitte !

— Ben non, en effet, c'est l'autoroute...

— NON, NON, NON, j'peux pas être icitte... c'est certain ça, ajouta Lémurien comme pour lui-même en secouant la tête avec les yeux hors des orbites.

Puis, il tourna son regard vers la fenêtre et, comme s'il s'adressait à quelqu'un, dit :

— C'est beau, c'est beau, pas d'panique, j'm'en vas là...

Alors, il est descendu de la voiture et s'est mis à marcher vers le fossé. Papa était hors de lui. Il regardait d'un côté son fils partir pour je ne sais quelle raison et ses filles, avec Wu, pétrifiées dans la voiture.

— Josh, Josh, attends, reviens, où est-ce que tu penses aller comme ça ?

— J'sais pas Pa... mais pas icitte en tout cas, pis surtout pas au Forum ! C'est connu ça l'Forum ! C'est pas un endroit ben *safe* pour moé... non, non, non, pas *safe* pantoute pour moé ça... Y vont savoir que chus là...

Mon frère pouvait bien m'humilier, faire exploser des grenouilles la nuit ou avoir peut-être déjà frappé maman dans un élan de rage, mais nous empêcher d'aller voir le match des Canadiens parce que le Forum n'est pas un endroit *safe* pour lui... ce n'était plus de simples lubies : c'était là de la pure démence.

Je voyais papa tenter de se maîtriser, se demandant s'il devait accepter ses caprices de petit gamin ou le traiter en adulte qu'il était. Je voyais tout son désarroi, son incompréhension. Il tanguait entre hurler à son étrange fils qu'il cesse son théâtre et simplement s'effondrer devant l'absurdité de la situation. J'avais les larmes aux yeux : pour papa qui ne savait plus quoi faire, pour Wu qui voulait être ailleurs et pour mon frère lémurien qui était effrayant. Mais je crois que j'avais surtout envie de pleurer pour le match des Canadiens que je ne verrais jamais.

C'est Philo qui a finalement réussi à ouvrir la bouche :

— Ben, on peut peut-être aller te porter chez Rita, a-t-elle dit d'un ton tout à fait neutre comme si elle annonçait banalement : « Il est neuf heures et cinq. »

Josh a timidement hoché la tête en se calmant. Il a répété :

— Ouais, c'est bon ça, chez Rita, c'est bon ça.

Papa voyait bien que je m'apprêtais à éclater. J'avais le cœur qui me battait dans les paupières, les joues pourpres et une titanesque envie de me noyer dans un torrent de larmes en geignant. Il m'a alors lancé un regard qui voulait clairement dire : « S'il te plaît Béatrice, ne dis rien. » Je n'avais pourtant justement rien à dire.

En route vers chez Rita, Josh marmonnait qu'il ne « dirait rien », qu'il ne « parlerait pas », qu'il fallait qu'il « se cache », il répondait des « oui, oui, je vous ai bien entendus ». Tout le monde feignait de ne rien entendre, comme si en ignorant son délire, il n'existait pas. Nous avons déposé mon frère dans un état lamentable chez ma tante. Je sais que papa a téléphoné à la maison pour avertir maman de la soirée complètement surréaliste que nous vivions. Je sais aussi qu'il a hésité entre venir avec nous et rester chez Rita. Il a dû être déchiré entre son devoir de père envers moi et son devoir de père envers mon frère. Philo, elle, on peut croire qu'elle n'a pas réellement besoin d'un père. Et puis il y avait Wu, qui tentait d'être encore plus petite qu'elle ne l'est déjà.

Nous sommes arrivés au début de la deuxième période. Mes oncles, Arthur et Hector, sont finalement venus au Forum à la place de Josh et papa. Ils s'évertuaient à alléger l'atmosphère avec leurs blagues de vieux grivois bedonnants. Ils ne cessaient de répéter : «Ah ben, on est chanceux nous autres là!» comme pour faire rire quelqu'un. Mais personne n'avait envie de rire. J'ai envié Wu de ne pas avoir de famille. Ma sœur ne regardait pas vraiment la partie, elle semblait plutôt se demander comment il était possible de faire geler une patinoire un 9 juin. Wu, elle, tentait sans grand succès d'être invisible, et moi, je ne pouvais cesser de penser que mon grand frère n'était finalement pas qu'un simple lémurien sauvage, mais bien un fou.

Le Canadien a gagné la coupe Stanley. Trois heures plus tard, Papa, Philo, Wu, mon frère fou et moi étions déjà de retour à la maison. Maman avait pleuré toute la soirée, c'était manifeste.

9

MONSIEUR PHAM

M. Pham fait des sandwichs extraordinaires. Il est Vietnamien. Ce ne sont donc pas de vieux pains blancs sans croûte et sous vide qu'il vend, mais de petites baguettes croûtées délicieusement fourrées de viande et de carottes qui sont marinées dans je ne sais quelle mixture aux parfums à la fois sucrés et salés. Un délice. Parfois, il y a même, sur le coin du comptoir, de petits rouleaux impériaux fumants qu'il accompagne d'une mystérieuse sauce pimentée au goût délicat de poisson. Je n'ai jamais mangé quelque chose d'aussi exquis. Le dépanneur de M. Pham n'est pas très connu. Il ressemble à n'importe quel autre dépanneur avec des publicités de Molson Ex qui tapissent les fenêtres. Mais les clients qui viennent ici sont assurément des habitués ; lorsqu'on a goûté aux arômes épicés des allées de chez M. Pham, on ne peut qu'y revenir.

En plus des odeurs et des saveurs, M. Pham lui-même est d'un charisme irrésistible. Il est d'une politesse exagérée qui vous donne l'impression qu'il s'excuse d'être présent même dans son propre dépanneur. Il porte toujours une belle chemise d'un blanc éclatant et un pantalon noir soigneusement pressé. Ses petits souliers ronds donnent constamment l'impression d'avoir été polis le matin même. La perfection émane de M. Pham jusque dans la boucle de ses lacets, parfaitement et élégamment nouée. Même son visage est d'une symétrie minutieuse : deux magnifiques yeux noisette ornant un sourire aussi étincelant que sa chemise.

C'était encore l'avant-midi quand je suis passée à son dépanneur. Il était alors en conversation téléphonique avec un client. Je l'entendais expliquer dans son joli français saccadé que son livreur ne pouvait pas venir aujourd'hui, que c'était bien malheureux, mais que la livraison devrait attendre à demain. Il était bien accablé par ce problème parce que Mohamed semblait être un bon client à qui il livrait quotidiennement des commandes.

— Monsieur Pham, je pourrais m'en occuper, moi, de cette livraison, lui proposai-je.

— Non, non, Ma'moiselle Béatrice, me répondit-il avec sa trop grande politesse.

— Ça me ferait très plaisir, je vous assure.

— Mais non, je...

— Allez Monsieur Pham, je peux bien vous rendre ce petit service, insistai-je.

Il accepta finalement avec une série de mercis timides. Je suis alors partie avec l'adresse en main et un paquet minutieusement emballé dans une boîte de carton encerclée d'un mince fil parfaitement croisé et bouclé de façon artistiquement asymétrique. Je souriais. Les détails sont la spécialité de M. Pham. C'est ce qui fait le charme de sa cuisine, de son dépanneur et sans doute aussi de M. Pham lui-même.

La maison n'était pas très loin, tout juste derrière l'usine de Scott Paper, à quelques coins de rue de chez M. Pham. Je ne connaissais pas cet endroit, qui était caché par des arbres qui semblaient n'avoir jamais été coupés. La demeure était magnifique, en bois, entourée d'une galerie. Sur le palier, j'ai tout de suite reconnu l'odeur. C'était la même que chez ma tante Rita : menthe et cardamome. J'ai sonné. J'ai entendu une voix crier :

— Entrez Mademoiselle, c'est ouvert.

Un monsieur était assis devant une table pleine de plats. C'était un vieillard énorme, chauve, au visage hâlé. Il semblait ne rien avoir entamé, comme s'il attendait quelqu'un ou le paquet de M. Pham. Je reconnaissais les dolmas, le mouhamara et les pains de mon oncle arménien. Il y avait en plus de l'hummus, des okras, du faktouche et toutes sortes de salades que je ne connaissais pas. On décelait des effluves d'ail, de cumin et de sésame.

— Béatrice, n'est-ce pas ? Je suis Mohamed.

— Enchantée, lui répondis-je en restant poliment dans l'entrée. Voici le paquet de M. Pham.

— Ah ! C'est bien gentil, déposez-le sur la table.

Je m'apprêtais alors à partir, mais il m'intercepta.

— Mademoiselle ! Mais attendez, vous allez tout de même partager un thé avec un vieil Arabe qui n'arrive plus à marcher !

— Oui, d'accord, répondis-je, intimidée par cet immense monsieur.

Il me servit alors un thé à la menthe fumant en s'appliquant à oxygéner l'eau à plusieurs reprises. On pouvait deviner à l'odeur de la vapeur qu'il y avait aussi un peu de oolong dans la théière. Nous étions assis dans un solarium qui donnait sur une cour fleurie. On pouvait presque sentir d'ici le parfum des hémérocalles et celui de l'herbe humide. Tout semblait démesurément beau et odorant.

— Vous aimez bien manger ? s'enquit-il, voyant que j'observais la table d'un regard à la fois intrigué et avide.

— Oui, j'adore. M. Pham fait d'ailleurs d'excellents rouleaux impériaux, ajoutai-je, puisque c'est ce qui nous unissait.

— Juste. Juste. Quoi d'autre ?

— J'aime beaucoup les currys verts, les tomates séchées avec un filet d'huile, les salades russes, les kebbes…

— Oh! Alors, j'ai affaire à une gastronome.

— Non, je suis simplement gourmande et mon oncle est Arménien, donc je connais un peu...

— Vous voulez bien m'accompagner pour un repas?

— Mais vous attendez quelqu'un, dis-je, en pointant la table dont les bouchées dégageaient des fumets inconnus.

— Non... hélas, je suis seul.

— C'est d'accord.

Mohamed ouvrit alors le paquet avec une délectation évidente. J'étais certaine de voir apparaître les sandwichs ou les rouleaux impériaux... ou peut-être un plat secret que M. Pham ne ferait que pour son ami. Mais il y avait, au fond de la boîte, une bouteille de ketchup Heinz. Mohamed la plaça sur la table et accompagna son repas de cette monstrueuse sauce qui ne goûte que le vinaigre, le sucre et le sel. Je le regardais avec stupéfaction.

— Oh! Ne soyez pas si hautaine, Béatrice. Allez! La simplicité, Mademoiselle. Il y a, dans ce ketchup, un exquis mélange de sucré, d'acidité et de salé. Et le goût, Béatrice, le goût est une émotion, un souvenir autant qu'une saveur, vous le savez bien ma petite, je vous ai vue regarder cette table.

Tout en Mohamed était exagéré : sa maison, son jardin, son appétit, ses souvenirs. Il me parla de l'odeur pimentée des rues marocaines de sa jeunesse, des carnavals empestant la sueur, des moutons qu'on y égorgeait et des ruisseaux de sang qui coulaient en laissant émaner une odeur à la fois rance et rouillée. Puis, il riait d'un gros rire gras de ketchup en appuyant ses mains de géant sur ses cuisses de titan.

Beaucoup plus tard, en ouvrant la porte de ma maison blanche et noire, j'ai reconnu l'odeur qui enrobait les moindres pores de notre tapis de poils vert caca d'oie. Il m'a alors semblé que c'était ça depuis toujours, que nous sentions cela, que cette odeur-là, c'était nous : patates bouillies. Je ne sais pas, Mohamed et sa nostalgie sans doute... Il me semblait être chez mes grands-parents. Je revoyais mon grand-père avec ses gants de travail qui sentaient le feu. Ma grand-mère devant son poêle fumant qui faisait cuire du poisson pané. Mes tantes cueillant des bleuets pour faire des tartes qui embaumaient le beurre fondant. Mes oncles affûtant des couteaux qui dégageaient une odeur de fer chaud. Maman qui sentait les lilas qu'elle coupait, papa, les copeaux du bois qu'il fendait, Philomène, les pommes fermentées qu'elle ramassait par terre et Joachim, la soupe au navet qu'il engloutissait en avalant tout rond les clous de girofle.

Cette nuit-là, j'ai dormi comme un bébé qui reconnaît la berceuse qu'on lui chante.

10

CIRQUE

Pour les dix-huit ans de Joachim, on a voulu faire une grosse fête. En fait, j'étais la seule à ne pas vouloir. Ils pensent tous que c'est parce que je déteste mon frère. Mais je ne sais pas comment dire… Depuis la soirée de la coupe Stanley, je n'arrive plus à simplement le haïr. Je ne sais pas ce que j'éprouve pour lui. Mon frère m'inspire à peu près les mêmes sentiments paradoxaux que le nain géant au kimono or et rouge et au saxophone diaphane de Wu : répulsion et attirance.

Si je ne voulais pas qu'on lui organise cette fanfare, c'est que je commence à déceler certaines constantes chez lui. C'est vrai qu'il est généralement un frère normal, mais chaque fois qu'il y a un évènement important, il y a en même temps crise de folie. Je ne sais pas pourquoi c'est ainsi, mais c'est ainsi. Papa et maman ne veulent rien entendre, rien voir. Ils ont toujours ce même sourire infantilisant quand j'essaie de leur parler de Josh. «Béatrice, ton frère a dix-huit ans, on va quand même lui faire une fête, non ma chérie?» me répètent-ils chaque fois que j'ose émettre un son ressemblant à un doute. Je n'arrive pas à leur faire comprendre que non. Non, on ne devrait pas lui faire une fête tout simplement parce que c'est impossible. Ça va tourner en triviale mascarade, c'est certain. Ça sent d'ailleurs déjà le carnaval. Mon frère n'est pas domptable. Il ne saura jamais bien se conduire dans l'arène humaine. Mais ce n'est pas tout à fait sa faute, il est malade. J'en suis maintenant persuadée : mon frère est malade.

Je voudrais lui en parler, mais il va simplement me reléguer à la femme à barbe, à la cage aux lions, je serai la folle de service et ça, c'est si l'homme fort ne me refile pas un direct de la droite avant même que je n'aie ouvert la bouche. Il faudrait tout de même lui épargner sa fête, c'est certain. Je vois déjà vers où se dirige cette foire. Il y a papa qui a sorti son gros livre de recettes orange *La cuisine de Mapie* de Mapie de Toulouse-Lautrec. C'est ridicule! Papa ne sait même pas faire griller une tranche de pain et ne semble pas s'apercevoir que Josh ne mange que de la viande hachée vulgairement assaisonnée de soupe Campbell aux tomates. À la limite, il ingurgite aussi du pâté chinois, mais à condition que le blé d'Inde ne soit pas en crème. C'est strictement tout. Et maman qui se met à décorer la maison pour mon frère qui déteste les projecteurs, particulièrement quand il en est la vedette. Je ne comprends pas. Je ne comprends pas comment ils peuvent être si aveugles. Ils tiennent tellement à ce que Josh ait une fête normale, qu'ils y croient. On dirait qu'ils voient un Joachim qui n'est pas Joachim : une illusion, une invention de Joachim. Mais pire encore, ma petite sœur qui participe elle aussi à ce grossier cirque d'estropiés en tricotant une magnifique tuque à Josh. Lui qui a toujours craché comme un lama, qui s'est toujours assis comme un éléphant sur les cadeaux qu'on lui offrait. C'est pitoyable tout ça.

Le problème, c'est que je ne sais pas quoi faire. Ça les rend tous si heureux de s'affairer comme à une avant-première à plaire à mon frère que j'ai envie de me faire toute petite, de faire la naine et de simplement assister à leur bonheur. Ils travaillent comme des fourmis extatiques à monter ce trop fragile chapiteau. J'ai peur d'être cette spectatrice qui assiste à la mort du clown, au mangeur de feu qui se brûle l'œsophage, à l'équilibriste qui chute. Et puis, j'ai surtout peur pour mon frère. Son univers est tout simplement trop acrobatique pour nous. Alors, je fais la mime, et je ne demeure à leurs yeux qu'une petite entêtée muette qui a tout bonnement décidé depuis l'âge de huit ans de mépriser à vie son grand frère.

* *
*

C'est aujourd'hui la fête de Joachim. J'ai une gueule de secouriste aux aguets alors que lui il est étrangement souriant. Je ne l'ai jamais vu si heureux, si prolixe. Il s'est fait faire de petites mèches brunes dans les cheveux. Il porte un magnifique chandail à col roulé noir. Il est rasé, beau. Il est un grand frère démesurément et euphoriquement heureux. On dirait qu'il va exploser de joie. Jusqu'à ses pupilles qui trépignent d'envie de grossir. Il s'est même trémoussé toute la journée comme un danseur de baladi. Mon frère n'est pas totalement mon frère, il ressemble à l'homme-canon prêt au décollage, à un ogre qui s'empiffre de tout ce qui lui tombe sous l'estomac. Mais à voir le sourire de mes parents et le regard satisfait de Philo, je n'ai pas osé freiner la caravane. Je ne comprends rien, mais c'est vrai que son rôle de grand frère heureux lui sied à merveille.

J'ai l'impression d'avoir assisté de l'extérieur à ce spectacle surréaliste où Papa le magicien a réussi à faire un rôti de veau à la crème et au *back bacon* que Josh a englouti en répétant : « C'est vraiment bon papa » ; où maman sautillait comme un kangourou partout tellement elle était heureuse et où Josh se pavanait affectueusement avec la tuque que Philo lui avait offerte en déblatérant un truc insipide sur la qualité de la laine de la Nouvelle-Zélande. La représentation était parfaite, sans faille. J'entendais la guichetière répéter d'un ton strident et satisfait : «C'est *sold out*, la famille est complète» et des feux d'artifice ont explosé sous l'ovation et les applaudissements déchaînés.

11

FONDS MARINS

Ça ne pouvait pas durer. Tout ce bonheur n'était qu'un triste désastre, un simple soubresaut. Joachim est redevenu lui-même, c'était prévisible. Après la soirée de son anniversaire, on dirait qu'il n'a pas dormi pendant une semaine. Il semblait préoccupé par l'organisation d'un système de surveillance pour je ne sais trop quel emploi qu'il prétend avoir. On le reconnaît à peine, tellement il a perdu du poids. Il ressemble à une raie affamée. Je ne peux pas supporter de le voir ainsi, il faut que je trouve une solution.

C'était drôle... ou triste, je ne sais plus trop, de voir Joachim agir hier. Depuis un mois, il a deux poissons rouges dans un aquarium dans sa chambre. Je ne comprends toujours pas pourquoi il a des poissons rouges parce que mes parents et lui étaient partis à l'animalerie acheter un chien. Mais quand ils sont revenus, Josh avait un sourire de petit marsouin, mes parents, un teint de requin blanc et il y avait ces deux gros insignifiants poissons rouges dans un sac en plastique. Alors voilà, Josh entretient depuis une relation étrange avec ses poissons que je le soupçonne de prendre pour des micros secrets.

J'ai l'impression que c'est le bruit du moteur qui le fascine. Il peut passer des heures devant son aquarium. Hier, il n'a pas bougé pendant tout l'avant-midi. Il s'est ensuite mis à dialoguer en regardant la vitre. C'était incroyable de voir à quel point son monde est bien organisé. Tout semblait cohérent à un point tel que j'ai presque douté de moi en me disant qu'il devait vraiment y avoir des micros quelque part entre la vitre et les poissons. C'était une discussion très sérieuse. Je n'entendais que Josh parler, mais il semblait avoir un nouveau contrat pour une firme secrète. C'était d'une confidentialité capitale et il devait à tout prix être muet comme une carpe. J'avais envie de rire. Il fallait voir mon grand frère, si professionnel, parler avec le plus grand sérieux à un aquarium dans lequel baignaient innocemment deux idiots poissons rouges. Je trouvais la scène à la fois totalement loufoque et incroyablement attendrissante. Je dois même avouer que j'étais plutôt impressionnée de voir à quel point il était habile. Il semblait se souvenir des moindres dossiers par leur numéro et assignait des tâches aux membres imaginaires de son équipe de travail avec une rigueur que je ne lui connaissais pas. Si les poissons avaient été des humains, j'aurais vraiment cru assister à une réunion du FBI habilement menée par le grand et respectable Joachim Dugas. Pour la première fois depuis que je sais que mon frère est malade, je me suis demandé si mes parents n'avaient pas finalement raison de faire comme si de rien n'était. En fait, il ressemble simplement à un gamin qui discute parfois avec ses amis fictifs. Pourquoi est-ce que je soulève une si grande marée noire avec tout cela? Et puis après tout, il est vraiment excellent dans son rôle d'organisateur de bancs de poissons!

La discussion a cependant mal tourné. J'ai l'impression que quelqu'un d'autre avait réussi à s'immiscer dans le réseau de transmission des ondes pour écouter la conversation. Mon frère a alors commencé à s'impatienter violemment. Il ne se contrôlait plus du tout. Il s'est mis à déplacer tous les objets de sa chambre. Il semblait chercher quelque chose. Puis, il a dévissé les poignées de porte, les pattes de son lit, les plaques des prises de courant, les ampoules. Il a désserré, démonté et ouvert tout ce qu'il trouvait sur son passage. Il parlait de plus en plus fort, enragé de ne pas trouver ce qu'il cherchait.

Je ne savais plus trop quoi faire. J'avais envie d'attendre pour voir comment tout cela allait se terminer. Mais j'étais en même temps un peu inquiète pour mon frère. J'ai donc décidé de monter pour en parler à nos parents, leur dire de descendre voir leur fils qui était en train de délirer avec ses vertébrés aquatiques. Une fois en haut des escaliers, j'ai vu ma mère assise au bout de la table, elle mangeait un filet de morue en pleurant. Puis mon père, qui ne savait tout simplement pas quoi faire pour la réconforter. Il marchait entre la table de cuisine et le poêle comme un trop gros poisson dans un trop petit bocal. Je me suis dit qu'après tout, mes parents étaient déjà bien assez affectés, qu'ils n'avaient pas à savoir que leur fils baignait encore dans un étrange état. En fait, Joachim pouvait parler et s'énerver avec ses carassins s'il le voulait, de toute façon, c'en était presque drôle. J'avais cependant la bizarre et effrayante impression qu'il n'y avait plus que des enfants dans cette maison : que nous étions une bande de ménés abandonnés dans un lac.

Je suis retournée silencieusement en bas. Mon frère avait fermé la porte de sa chambre, mais je l'entendais encore remuer comme s'il était emprisonné dans un filet. Il m'a semblé que j'étais de trop dans cette maison. Que mon frère et mes parents auraient eu plus d'espace si je n'avais pas été là. J'étais totalement désemparée. J'ai alors pensé à Philomène qui devait être dans sa chambre en train d'étudier. Comme moi, elle avait bien dû entendre Joachim puisqu'elle était en bas. Je suis allée cogner. Elle m'a regardée comme si je la dérangeais elle aussi. J'en ai totalement perdu le courage de dire quoi que ce soit. Je devais avoir l'air d'un affreux dipneuste totalement mal adapté avec des poumons et des branchies : j'étais là, muette, un sourire idiot et triste sur le visage devant ma sœur qui m'interrogeait du regard. Elle m'a dit :

— Joachim ne va pas très bien, je crois, hein?

Pas très bien? Joachim ne va pas très bien? Mon frère était en train de complètement détruire tout ce qu'il trouvait autour de lui et ma sœur disait tranquillement et mollement : «Joachim ne va pas très bien, je crois.» J'ai répondu :

— Apparemment non.

Puis, nous nous sommes regardées comme des carangues à gros yeux sans rien dire. J'aurais souhaité sentir un peu de détresse, un mouvement de branchie ou quelque chose, mais rien. Elle semblait plutôt penser : «Donc, tu veux quoi maintenant, parce que j'étudie, moi!» J'ai simplement refermé la porte. Je ne savais plus par où nager. En haut, il y avait mes parents qui semblaient vouloir pleurer seuls dans leur cuisine, en bas, ma sœur, absorbée par je ne sais quelle équation mathématique et qui aurait visiblement préféré être seule elle aussi, puis en face, mon frère, dans un monde aquatique farfelu où les escrocs invisibles sont plus importants que n'importe quelle autre présence. J'ai enfilé mon manteau et je suis sortie comme une anguille.

Je me suis instinctivement dirigée vers la petite fenêtre de la chambre de Wu qui n'était qu'à quelques pieds de la mienne et j'ai doucement cogné. Je n'avais pas envie de voir ses parents, de feindre un état autre que celui massacrant dans lequel j'étais. Elle m'a fait entrer silencieusement sans poser de questions. La neige sale de mes bottes noires coulait sur sa moquette bleue, laissant une flaque brunâtre dans laquelle flottaient de petits cailloux gris. Wu était d'une humeur aussi déprimante que la mienne et je n'ai rien dit moi non plus, mais j'ai bien remarqué qu'elle avait détruit quelques tableaux. Il y avait la moitié d'une tête trop longue de vieillard qui traînait aux côtés de deux gros yeux globuleux, démesurément vitreux. Wu portait une salopette grise exagérément ample sur laquelle il y avait de grossières traces de peinture fraîche et rouge. Elle avait le visage creux, son long pinceau à la main, les cheveux collant délicatement dans la sueur de sa nuque. Le calorifère chauffait trop, transformant sa chambre en minuscule sauna suffocant, donnant l'impression que la peinture ne pourrait jamais sécher, qu'elle allait plutôt fondre, couler, dégouliner. C'est incontestable : Wu et moi pataugeons dans le même marécage.

* *
*

Je n'ai jamais plus entendu mon frère parler avec son aquarium. Je suis allée voir dans sa chambre la semaine dernière et ses deux poissons rouges gisaient dans une substance opaque pleine de détritus et d'algues gluantes.

Ça sentait les fonds marins.

12

POÉSIE

C'était l'examen de fin d'année en français aujourd'hui. Quand j'ai vu que l'analyse portait sur *Le Vaisseau d'or* de Nelligan, je jubilais. Je connais ce poème par cœur. J'ai dû répondre à toutes sortes de questions sur une fiche signalétique : quatre strophes, deux quatrains, deux tercets, des alexandrins parfaits avec des césures de six pieds. J'ai aussi analysé le style, et tenté de dénicher des oxymores, des comparaisons, des gradations ou des allégories. J'ai surtout insisté sur les métaphores comme celle du «vaisseau» que Nelligan utilise évidemment pour lui-même. J'ai hésité quelques instants entre les thèmes de la mer, de la gloire et celui de la folie pour finalement faire l'analyse lexicale des trois. Il était à peine dix heures et j'avais déjà terminé.

Je ne comprenais pourtant toujours pas comment on pouvait passer d'un vers aussi puissant que «Hélas! il a sombré dans l'abîme du Rêve!» à tout ce jargon indigeste. J'ai donc rayé mon analyse et barbouillé quelque chose qui se voulait être un dessin de M. Pham derrière son comptoir. Je suis sortie la dernière parce que je n'arrivais pas à le dessiner sans simplement faire un bonhomme allumette.

Je crois que je vais échouer à mon cours de français.

13

DERNIER CHAPITRE

Pour moi, c'est incontestable, un dernier chapitre, ça sent la salle de bain. Ce n'est pas ma faute. C'est que je dois absolument lire les dernières pages d'un roman sur la toilette. Non pas que j'aie des problèmes de vessie, mais je n'y arrive pas, je suis trop émotive, je pleure à chaque fois. Puis, je ne veux surtout pas que papa, maman, Philomène ou Joachim entrent dans ma chambre et me voient pleurer avec un livre entre les mains. Ce serait humiliant. En plus, je lis généralement dans un élan de boulimie tel que je reporte mon envie de pisser à plus tard. Alors voilà, l'envie devient intenable précisément au début du dernier chapitre, donc je vais pleurer sur la toilette.

Hier, j'ai voulu briser la tradition. J'ai simplement fermé mon livre en plein début du dernier chapitre et je suis allée chez M. Pham. J'allais entrer lorsqu'un monsieur m'a ouvert la porte en disant :

— Après vous, Mademoiselle.

J'ai tout de suite reconnu Mohamed. Je m'apprêtais à lui demander comment allait sa jambe, à le remercier pour la soirée chez lui et peut-être même à lui confesser que mon ketchup à moi c'étaient les patates bouillies, mais il me jeta un regard vide et poli, comme s'il ne m'avait jamais rencontrée auparavant puis, déclara comme on s'adresse à un inconnu :

— Vous allez voir, Mademoiselle, ce monsieur fait les meilleurs rouleaux impériaux de la ville !

— Je sais… répondis-je, confuse et regardant Mohamed l'air de dire : «Allons, je suis Béatrice!»

— Oh non! Vous ne pouvez pas savoir, il faut y goûter, vous verrez!

Il ajouta alors pour M. Pham :

— Offrez à cette jeune demoiselle des rouleaux de ma part.

La clochette tinta lorsqu'il ferma la porte. Je le vis alors tout bonnement poursuivre sa route en boitant. J'étais stupéfaite. Je regardai M. Pham, qui souriait discrètement dans son éternelle chemise blanche, en attente d'une explication, mais rien ne vint.

— Mais qu'est-ce qu'il a Mohamed? demandai-je, interloquée.

— Une phlébite, répondit sournoisement M. Pham.

— Non, je veux dire pourquoi est-ce qu'il ne me reconnaît pas?

— C'est Mohamed, dit-il succinctement.

Puis, voilà, je compris que je n'en saurais pas davantage. C'était tout. M. Pham me demanda d'attendre quelques instants et revint avec des rouleaux tout frais et tout chauds en déclarant :

— De la part de Mohamed, un bon client.

Je n'osai pas poser plus de questions : on n'interroge pas M. Pham.

J'avais pourtant une irrésistible envie de comprendre. Pourquoi donc Mohamed m'avait-il ignorée? Était-il fou? Un vieil Arabe solitaire et sénile? Non! Je n'y croyais pas. L'aurais-je donc vexé? Je repassais sans cesse la soirée en sa compagnie dans ma tête. J'osai finalement risquer vers M. Pham :

— Est-ce que j'ai déçu Mohamed?

— Ne vous inquiétez pas Béatrice, Mohamed a ses petites manies, c'est tout.

— Mais je ne comprends pas pourquoi il a feint de ne pas me connaître, insistai-je, un peu vexée.

— Écoutez, il s'amuse, c'est un bouffon, rien de plus. Vous devez bien avoir des petites habitudes étranges vous aussi?

— Non! répondis-je trop rapidement en rougissant.

De retour chez moi, je n'ai pu résister. J'ai empoché mon livre et me suis dirigée vers la toilette. Devant la porte, j'ai croisé Joachim qui semblait lui aussi vouloir aller à la salle de bain. Il m'a dit :

— Oh! Vas-y d'abord parce que moi ça va être long.

J'ai pensé à mon dernier chapitre. Il me restait encore au moins quinze pages à lire. J'ai donc aussitôt rétorqué :

— Non, ça va, moi ce sera plus long encore, alors vas-y toi.

Puis, on s'est regardés un long moment avec un malaise évident d'être en train d'argumenter sur le temps que nous passerions aux toilettes. Mon frère a eu l'air intimidé, il a alors ajouté, hésitant :

— En fait, j'allais simplement terminer mon livre sur la toilette...

J'ai cru qu'il voulait rire de moi, je l'ai donc dévisagé avec une moue de dégoût. Mais, en retournant à sa chambre, il a murmuré, un livre dans la poche arrière de son jean et les yeux fixant tristement le sol :

— Bon, ça y est, tu vas encore croire que je suis fou! Merde, j'aime ça, moi, terminer mes livres sur la toilette! Pas le droit?

14

SANTÉ

Le vaisseau Joachim risque définitivement de «sombrer dans l'abîme du rêve», mais je semble être la seule à m'en offusquer. Et encore, je ne m'en préoccupe qu'en me disant : «Oh! Joachim n'a pas toujours la même réalité que nous, quelle tragédie!» Je ne résous rien.

J'ai pourtant essayé. C'est vrai. Depuis la journée des poissons rouges, j'ai tenté de parler à Philomène au moins trois autres fois. La première s'est soldée par un regard sévère à angle droit qui laissait entendre que je n'irais nulle part avec une fausse hypothèse de départ. La deuxième m'a fait comprendre que même avec toutes les démonstrations possibles, il reste toujours un pourcentage de doute. Ma dernière et ultime tentative a été la plus lamentable, elle s'est terminée par une double négation : mon frère n'est «pas si mal» et moi je ne suis «pas très bien».

Je ne comprends décidément rien à ma petite sœur. Elle me raye de la liste trois fois de suite et hier, elle vient me retrouver dans ma chambre.

— Béatrice, je veux te *parler*, me dit-elle en prononçant le mot «parler» avec trop de précautions.

— Heu… réussis-je bêtement à émettre en guise de réponse tellement j'étais surprise que Philomène veuille interagir avec moi.

— Béate, est-ce que tu es *heureuse*? me demanda-t-elle sur un ton protocolaire d'une officialité grotesque.

Je ne m'attendais pas à cela. J'aurais pu imaginer : «Béate, est-ce que tu sais où est le fer à repasser?» ou «Béate, une molécule avec un double lien, est-ce que tu sais comment ça se dessine ?» mais non, plutôt une grande et vide question existentielle sur mon degré de bonheur. J'ai dû faire toute une gueule parce que Philomène a soudainement semblé atteinte d'une maladie incurable, puis elle a ajouté :

— Tu sais, on ne peut rien faire pour Joachim.

J'ai regardé ma petite sœur en lui demandant muettement si elle en était bien certaine. Elle a soutenu mon regard jusqu'à ce que j'ose lui répondre :

— Je ne sais pas Philo.

Je voulais dire : « Je ne suis pas certaine qu'on ne puisse rien faire pour Joachim », je voulais crier : « On devrait pouvoir faire quelque chose », je voulais beugler : « Il faut faire quelque chose », mais mes cordes vocales n'ont que doucement et simplement prononcé : « Je ne sais pas Philo. »

Mon ordinateur de petite sœur a soudainement semblé s'alerter. Elle a pensé que je répondais : « Je ne sais pas si je suis heureuse. » Elle a immédiatement cru que j'essayais de lui montrer des signes de détresse, que je voulais qu'elle sache que je n'allais pas bien. Pourtant, ce n'était pas moi qui avais besoin de cet examen, c'était Joachim ! J'eus l'impression qu'elle avait sorti son carnet d'ordonnances lorsqu'elle me dit sur son ton médical :

— Il faut que tu te reposes, Béate.

J'ai hoché la tête en guise d'approbation, même si je n'approuvais absolument rien. Pour être franche, j'avais plutôt envie qu'elle sorte de ma chambre et j'étais prête à approuver n'importe quoi pour cela. Je ne suis ni souffrante, ni suicidaire, je ne veux ni pilule, ni médecin. Je veux seulement que mon frère aille mieux et que ma sœur soit une sœur. Elle est finalement sortie de ma chambre, mais je l'ai entendue faire son rapport à papa et à maman. J'aurais dû me douter qu'elle agissait sur l'ordre des médecins en chef de la maison. C'est tout de même incroyable que mon dossier médical soit plus épais et préoccupant que celui de Joachim.

Il fallait s'y attendre. Pour m'amadouer, ce matin, papa et maman ont préparé un énorme déjeuner : œufs, patates, bacon, jambon, saucisses. Tout pour nous faire mourir du diabète. Ils avaient l'air de deux pharmaciens avec leur sarrau rayé de cuisiniers. Ils m'attendaient avec impatience comme si nous allions vivre là le plus grand moment de notre histoire familiale. Je vous assure, ils auraient pu faire une publicité pour un bloc opératoire tellement tout était propre et planifié. Ils avaient vraiment une étrange allure, avec une posture trop droite et un sourire immense. Mais je ne suis pas dupe, je sais très bien qu'après le verdict d'hier de Philomène, ils tentaient de m'apaiser un peu. J'ai eu envie de redescendre immédiatement, d'aller en bas manger une vulgaire toast au beurre de peanut, seule sur mon lit. Mais mes parents semblaient avoir fait un tel effort pour démontrer un peu d'enthousiasme que j'ai décidé de manger les œufs, patates, bacon, jambon et saucisses sans même me soucier du blocage artériel que ça me causerait. Après tout, je pouvais bien leur faire ce plaisir.

Tout s'est cependant mis à dégénérer quand le détecteur de fumée a sonné parce que le gras du bacon brûlait dans la poêle. Joachim est alors arrivé en haut en panique. Il s'est emparé du balai et s'est mis à frapper le détecteur en hurlant :

— Allez-vous-en! Allez-vous-en!

Il frappait si fort que des morceaux de plâtre ont commencé à tomber du plafond. Il était terrifié et continuait de crier. Même après avoir complètement détruit le détecteur qui ne sonnait plus, il continuait de pointer le balai vers le trou qu'il avait fait au plafond en criant :

— Ne venez plus ici! Vous n'avez pas d'affaire ici!
Maman s'est approchée de Joachim.

— Calme-toi Joachim, c'est correct, je vais m'occuper d'eux.

Mon frère n'entendait rien, il était totalement hypnotisé par ses intrus invisibles. Papa s'est avancé lui aussi et a tenté de prendre le balai en calmant Joachim, mais sans succès. Le bacon continuait de brûler dans la poêle et la fumée a commencé à sortir de la cuisinière. Philomène s'est précipitée dans la cuisine en trébuchant sur les morceaux de plâtre qui jonchaient le sol. Elle a ouvert la porte du four de laquelle est sortie une terrible odeur de saucisses et de jambon carbonisés. On ne voyait plus rien à travers toute cette fumée, mais on entendait les œufs se décomposer dans la poêle à force de cuire. Et surtout, on entendait encore Joachim continuer de se démener contre des individus qui n'étaient pas réellement là. Je ne sais pas combien de temps tout cela a duré, mais je suis surprise que nous ne nous soyons pas tous retrouvés à l'hôpital pour intoxication mentale. C'est vrai, Joachim a des visions, papa et maman sont amnésiques, Philomène obsessive-compulsive et moi, je dois bien être muette, paralysée ou autiste parce que, quand tout le monde s'est calmé et que la fumée s'est dissipée, j'étais encore assise sur la même chaise, je regardais presque au même endroit et je n'avais pas ouvert la bouche.

Maman s'est mise à gratter le four. Papa à nettoyer la cuisine. Philomène a ouvert les portes et les fenêtres pour aérer un peu la maison. On allait maintenant aseptiser la pièce. Joachim était redescendu, mais avait tenu à apporter son balai «au cas où». J'ai soudainement eu l'impression que j'avais inventé toute cette scène parce que je me suis rapidement retrouvée avec une immense assiette bien pleine sur la table. J'ai tourné la tête comme pour confirmer que j'étais bien au même endroit et j'ai aperçu maman avec un sourire forcé en train de tourner une deuxième omelette aux champignons.

Joachim est alors apparu avec son balai dans la main. Il a dit, de façon tout à fait civilisée :

— Je crois que j'ai le poignet foulé.

Papa a répondu comme à un fils sensé :

— On va aller à la clinique.

J'ai englouti mon omelette — en avalant les champignons tout rond — avec le plus de discrétion possible. J'ai servi un sourire pétant de santé à ma mère et à ma sœur et, comme d'innombrables autres fois, je me suis sauvée chez Wu afin de m'éviter un ulcère d'estomac.

15

LE CHRIST

Pauvre papa. Bell a fait des coupures et son ami Richard ne travaille plus. Papa croit qu'avec toutes les familles qui veulent maintenant Internet à la maison, Bell va réembaucher bientôt mais, en attendant, Richard est au chômage. Je connais mon père. Je sais que cette histoire de câbles n'est qu'un prétexte à sa morosité des derniers jours. Il est tellement absorbé dans ses réflexions depuis quelques semaines que j'ai l'impression de lui voir pousser des cheveux gris. Il porte même une barbe, hirsute et piquante, qui ressemble à du romarin grisâtre mal entretenu. Papa change à vue d'œil. Il a maintenant trois petits plis au milieu du front qui ne le quittent plus. Il est d'une ineffable tristesse.

Maman ne semble pas du tout mieux. On dirait qu'elle mesure un pied de moins, tellement elle se recroqueville. Je n'arrive même plus à me souvenir de ce qu'elle avait l'air quand elle souriait. On dirait qu'elle ne travaille plus, elle reste à la maison toute la journée et récure tout ce qui lui tombe sous la main. Parfois, j'ai envie de laisser de la pâte à dents coller dans le fond du lavabo simplement pour l'occuper. Je ne sais plus qui est cette femme aux cernes profonds et aux mains ridées.

Papa et maman commencent déjà à ressembler à des vieillards.

C'est la maison des fous ici. Il y a en plus Philo qui s'intéresse maintenant « aux tactiques évolutives de l'omble de fontaine » et qui ne parle que des foutus gènes de ses truites! Et Josh qui, lui, n'ose plus ouvrir la bouche, comme s'il craignait d'être constamment sous écoute. C'est à n'y rien comprendre. Sans parler des relations entre ces différents fous. Mes parents qui s'obstinent à faire *comme si de rien n'était*, mais qui dépérissent à vue d'œil; Philomène qui ne cesse de projeter le sempiternel *que peut-on y faire?* en poursuivant sa vie normalement; Joachim qui ressemble à un moine au fond de son monastère à force de se cacher dans le sous-sol.

Le réel naufrage s'est cependant produit lorsque mes parents ont soudainement décidé, sans aucun signe précurseur, que nous irions tous voir une psychothérapeute. Josh n'est évidemment pas venu, alors «tous», ça voulait dire Philo, eux et moi.

D'abord, l'emplacement était d'un goût franchement discutable : boulevard Gréber. C'est affreux. Je suis persuadée que c'est le boulevard le plus laid du Québec, même s'il porte le nom d'un architecte. La seule chose qui mérite un regard est la croix, tout près du pont. Une grosse croix avec le Christ violemment crucifié en plein milieu d'un terre-plein. Un superbe pied de nez aux McDonald, Tante Marie et Dunkin' Donuts qui le bordent. D'un profond ridicule tout ça. En plus, le rendez-vous était dans une de ces bâtisses moches, avec une panoplie de bureaux tous pareils dont la moitié est à louer. Ça sentait le petit sapin vert de voiture. Un cauchemar.

La psychothérapeute était tout simplement répugnante de tendresse. Tout de suite, en entrant, je savais que je n'allais pas être capable de bien me tenir. Tous ces faux-semblants, toute cette empathie et les mouchoirs déjà sur la table. C'était grossier. J'avais l'impression d'aller à confesse en sachant à l'avance que je serais pardonnée. Et puis après tout, c'était injuste : Joachim n'était même pas là, et moi oui. Je ne comprenais pas tout ce scénario. C'est mon frère qui devrait rencontrer un médecin, c'est évident. Mais mes parents s'entêtent fermement à démontrer qu'il va plutôt bien, qu'il est simplement un peu «rêveur» et ils utilisent des arguments génétiques de l'ordre de «votre oncle Arthur aussi avait beaucoup d'imagination à son âge». C'est vrai qu'il est souvent normal, mais quand même, on ne peut pas se faire accroire qu'il n'a pas une maladie mentale.

Moi, comme d'habitude, je me sens simplement absente. Si ce n'était pas de Wu et de M. Pham, je pourrais sincèrement croire que je n'existe pas réellement. En plus, personne ne me demande jamais rien : ni sur mon frère, ni sur moi, ni sur mon envie de venir ici. En fait, personne ne parle, même pas moi. Si j'ose émettre un bruit qui pourrait peut-être laisser suggérer que mon frère n'est pas tout à fait sain, on m'ignore puis on m'infantilise. Et pendant que ce gros amas de mutisme est en train de nous pourrir le quotidien familial, on veut que je vienne finalement parler ici, à cette inconnue payée pour être compatissante.

En plus, c'était rebutant. Je veux dire l'endroit, la rue, le bureau, l'atmosphère. J'avais la vague impression de simplement me fondre dans l'horrible décor, de ressembler au divan brun de corduroi défraîchi. J'étais dégoûtée. Pourquoi tout est toujours si laid? Même la musique était une mélodie insipide que l'on jurerait sortie directement d'un vieux téléroman traduit que l'on repasse en fin d'après-midi. Pourquoi a-t-on si peur du beau? Il devrait y avoir du beau partout. Les rues, les immeubles, les hôpitaux et les bureaux de psychothérapeutes devraient tous être beaux. Mais le beau est là pour rien, semble-t-il, et on ne construit qu'en fonction d'une utilité. J'ai alors pensé à la croix perdue au milieu de toute cette laideur. Je n'essaie pas d'expliquer mon théâtre... mais il me semble que si tout n'avait pas été si laid autour de moi, je ne me serais pas autant emportée.

Nous avons d'abord dû nous présenter, c'était pathétique ! Il fallait entendre Philo énumérer une série de détails physiques, allant de son poids à son âge. Pour un moment, j'ai vraiment pensé qu'elle était à sa place ici. Elle a peut-être besoin de quelqu'un à qui parler de ses statistiques. Papa et maman, quant à eux, ont fait plein de références à leur famille, à leurs parents en cherchant à bien faire comprendre d'où ils venaient. Il me semble qu'ils évitaient uniquement de parler d'eux-mêmes, mais enfin, ce n'est pas moi la psychothérapeute. J'ai simplement voulu sauver cette banale séance en expliquant alors que j'étais une jeune fille de quinze ans bien normale, studieuse, croyante et pratiquante. J'ai baratiné une histoire de foi. Puis, j'ai expliqué mon engagement au sein de l'Association des défenseurs de la croix du boulevard Gréber en invitant tout le monde à m'appuyer. J'ai exagéré mon affection pour la croix, mais c'est vrai que je l'aime bien ! Je ne sais pas pourquoi exactement, peut-être le sentiment qu'il y a au moins quelque chose, sur cet affreux boulevard, qui cherche à faire sens et non uniquement à remplir une fonction. Je me suis arrêtée. J'ai versé quelques larmes, pris des mouchoirs, demandé un verre d'eau, je suis allée aux toilettes et j'ai poursuivi mon baratin de croix avec conviction.

Il fallait voir mes parents et Philo tenter de ne rien laisser paraître. Comme si tout cela était si anodin. Surtout, ne pas perdre la face devant quelqu'un. Ils acquiesçaient comme des disciples à tout ce que je disais, donnant l'impression d'une histoire ancienne que l'on connaît trop bien. J'étais presque déçue de ne pas avoir mieux fignolé mon récit, de ne pas avoir lu la Genèse, de ne pas connaître par cœur l'histoire de Joshua ou celle de l'enfant prodigue pour les impressionner davantage : ils avaient l'air de vouloir se convertir. En même temps, c'était d'un pathos incroyable de voir que, même devant mes plus ridicules fantaisies, ils s'obstinaient encore et inlassablement à se taire, à ignorer. Une grosse comédie grasse, déjantée. Une vie de faux-semblants débordante de non-dits.

Mes parents ont rapidement voulu partir. Je crois que c'est cela qui m'a réellement irritée. Une fois dans l'ascenseur, la sirupeuse mélodie me semblait tellement insupportable que je me suis mise vulgairement à la chanter à tue-tête. Philomène semblait vouloir se téléporter, mais elle était prise avec moi. Elle allait devoir me subir. Tant pis pour elle. Au rez-de-chaussée, j'ai refusé de sortir. Maman tenait la porte pour que l'ascenseur ne retourne pas au deuxième étage. J'avais envie de tout faire éclater, de voir l'horrible ascenseur exploser avec ses miroirs sales et son tapis puant. Je me suis blottie dans un coin. Comme Joachim. Comme si j'étais mon frère. J'ai joué à l'effrayée qui ne voulait pas sortir parce que des bandits m'attendaient sans doute. Papa m'a agrippée si fort par le bras que je ne touchais presque plus par terre. Il m'a traînée jusqu'à dehors pendant que je poussais un terrible cri de cochon égorgé.

De retour dans la Pontiac 6000, maman s'est écroulée. Papa lui frottait le dos comme si elle allait vomir. J'ai vu deux enfants complètement dévastés. Mon père, ma mère, écorchés, nus, brisés, effondrés par ma faute. Philo a gentiment regardé maman en disant :

— Ça va aller maman.

Elle m'a ensuite lancé un regard de rayon X. Je ne voyais par la fenêtre qu'un trop vaste stationnement et une affiche de bingo clignotante. Je n'avais pas vraiment pensé. J'avais simplement réagi à l'injustice de m'envoyer voir une psychothérapeute... et peut-être aussi à la laideur répugnante des lieux. J'aurais tant voulu que tout soit différent. J'aurais souhaité que papa, maman et Philo me regardent affectueusement, me prennent dans leurs bras, m'embrassent. Qu'autour d'un souper embaumant les patates bouillies on puisse encore rire comme autrefois. J'aurais souhaité qu'on mange trop en parlant trop, comme avec Mohamed. Que quelqu'un admette haut et fort que Joachim est schizophrène, puis que la vie se poursuive quand même. Mais tout ce qu'ils m'offraient était d'aller me vider l'âme devant une inconnue surdébordante d'empathie. C'est leur voix à eux que je voulais entendre, c'est de leur empathie à eux dont j'avais besoin. Je voulais le sourire de ma mère, je voulais l'affection de mon père, l'amour de ma sœur. J'avais besoin d'une famille. De réconfort. De renfort pour m'aider à aimer comme il faut mon frère.

Et puis, j'étais confuse parce qu'en même temps, j'étais enragée contre Joachim de nous rendre si misérables, même s'il en était inconscient. Enragée aussi contre mon père et ma mère de n'être que des enfants, en ne sachant même plus être mes parents. Et contre Philo de ne jamais être enragée.

J'étais surtout en furie contre moi-même pour avoir volontairement brisé la seule petite perche que mes parents m'avaient, bien que maladroitement, tendue depuis des années. Venir ici était quand même le signe qu'ils savaient qu'il se passait quelque chose. Ils avaient clairement manifesté leur désarroi, leur volonté de changer ce lourd et sombre silence qui pèse sur nous. Et moi, alors que je leur reprochais précisément leur cécité, j'avais vulgairement joué à l'aveugle. En repassant devant la croix du boulevard Gréber, j'ai sincèrement prié le Christ pour qu'un miracle survienne.

16

HALLOWEEN

M. Pham avait tapissé ses fenêtres de fantômes en carton. Lorsqu'on ouvrait la porte, on pouvait entendre un vieux grincement de maison hantée à la place de la clochette habituelle et de fausses toiles d'araignée traînaient entre les petits pois et la soupe aux tomates. Sur les caisses de bière entre les allées, il avait même déposé des citrouilles taillées avec horreur. Je m'étais imaginé que M. Pham lui-même aurait troqué sa chemise blanche pour un voile noir de croquemort, ou mieux encore, pour une chemise à carreaux de fermier, mais non, il était derrière son comptoir plus identique à lui-même que jamais.

— Mais vous n'êtes pas déguisé, lui reprochai-je.

— Comment?

— J'ai dit vous n'êtes pas déguisé, répétai-je.

— Et moi, j'ai dit : comment ça, je ne suis pas déguisé?

— Ben... visiblement, vous n'êtes pas déguisé.

— Ah si! Je suis déguisé en Vietnamien qui a un dépanneur.

— Monsieur Pham, ce n'est pas un déguisement!

— Et pourquoi pas?

— Parce qu'un déguisement, c'est précisément quelque chose que nous ne sommes pas.

M. Pham sembla surpris. Il pencha légèrement la tête comme s'il réfléchissait. Il fronça presque imperceptiblement les sourcils, resta immobile quelques instants et me fixa.

— Et vous croyez que moi je suis un Vietnamien qui a un dépanneur?

— Non! Je veux dire, oui, mais... pas simplement ça... répondis-je, bégayante et un peu honteuse de réduire M. Pham à cette simple assertion.

Il pouffa alors d'un rire moqueur et franc. La beauté éclatante de son visage m'apparut soudainement éblouissante. Un large sourire, des joues saillantes, des cheveux sombres illuminant des yeux vifs.

— J'ai une cagoule de voleur, mais je ne la mets que lorsqu'il y a des clients.

— Mais vous ne l'avez pas mise quand je suis arrivée, affirmai-je comme pour le piéger.

— Alors, vous n'êtes pas une cliente, dit-il avec une intonation baignée d'affection et un sourire tendre.

Je rougis. M. Pham me fixa comme pour m'intimider davantage. Je remarquai que son sourire était un peu asymétrique, le coin supérieur droit légèrement plus haut que le gauche. Cela lui donnait un air malicieux. Il ne disait rien, laissant volontairement le silence amplifier mon malaise. Ce moment me sembla durer une éternité. Je me souviens avoir analysé le présentoir à barres de chocolat, me demandant s'il y avait une logique, si on plaçait les plus populaires tout près de la caisse, ou si cela ne relevait pas du tout de M. Pham, mais bien de la compagnie qui faisait le chocolat. Je n'osais pas lever de nouveau les yeux. Je n'allais tout de même pas lui avouer que je me sentais mieux ici, entre ses paquets de gomme et de chips, que chez moi.

— Vous devriez venir avec votre amie.

— Wu?

— Celle qui peint des bonshommes difformes.

— Oui, c'est Wu.

— Elle s'appelle Wu?

— En fait, c'est Chloé.

— Wu, c'est plus jolie.

— Oui, ça lui va mieux aussi.

— M'aviez-vous dit qu'elle était Chinoise?

— Non. Ben... oui, mais elle ne connaît pas la Chine.

— Je vois.

— Je suis certaine que vous allez l'adorer, dis-je en pensant à Wu et à sa désinvolture qui ne pourrait qu'amadouer M. Pham.

— Si c'est votre amie...

Il eut un second long silence qui me parut aussi inconfortable que le premier. M. Pham semblait quant à lui prendre un plaisir sournois à ma timidité. Je tournai la tête vers la porte. J'aperçus une minuscule sorcière qui courait derrière un grand ninja, puis une bouteille de bière qui poussait un lion et une tortue dans une poussette double. Il y avait toutes sortes de créatures masquées : des momies, des fantômes, des Draculas, au travers desquels on distinguait en même temps des papillons, des libellules et des fées. J'avais l'impression d'être dans une peinture de Wu. Je n'aurais pas été surprise de voir apparaître le nain géant difforme avec son saxophone transparent. J'ai pensé à Joachim. Mon frère devait être plus agité que jamais devant tous ces étranges personnages qui envahissaient les rues. Il devait avoir créé un scénario catastrophe dans lequel il était encore une fois la victime d'un monstrueux complot masqué. Il n'allait pas très bien ces jours-ci. J'aurais aimé pouvoir faire quelque chose pour lui. Peut-être, au moins, devrais-je être là, à la maison, pas trop loin.

— Bon, je dois rentrer.

— Vous passez l'Halloween avec votre petit frère ou votre petite sœur?

— Non, je n'ai pas de famille, mentis-je instinctivement.

— Aucune?

— Aucune, vous?

— Moi non plus, aucune, répondit M. Pham avec une inflexion qui laissait croire à du sarcasme ou de la défiance.

— Alors, vous faites quoi ce soir ?

— Eh bien… je travaille, vous ?

— Moi ? Je vais chez Wu, cafouillai-je.

— Bonne idée.

J'eus la vive impression que M. Pham et moi savions très bien que notre conversation n'était qu'un mensonge. M. Pham ne travaillait jamais les lundis soir et moi je n'allais pas du tout chez Wu. J'aurais dû avoir honte, mais j'étais plutôt touchée qu'il en fasse fi. Je lançai, comme pour rendre notre supercherie explicite :

— On peut bien se permettre *un peu d'imagination*, c'est l'Halloween.

M. Pham opina du bonnet en souriant. Il alla répondre quelque chose, mais un grincement de maison hantée signala que quelqu'un entrait. Un gros clown apparut dans l'embrasure, une machette à la main. Il avait une coulée de sang sur la bouche et de longs cheveux rouges ébouriffés qui parsemaient les côtés de son crâne chauve. Il portait des gants de cuir blanc et de grosses bottes grises, sales, pleines de boue. Son pantalon était noir, bouffant et déchiré. Sa chemise aussi était noire, avec des pois rouges et des manches à volants. C'était effrayant. M. Pham mit immédiatement sa cagoule et sortit un faux fusil qu'il pointa sur l'horrible clown, mais il ne put garder son sérieux plus longtemps et explosa d'un rire franc et incontrôlable. L'énorme clown tenta de conserver son air de tueur macabre devant le chétif voleur qui riait aux éclats, mais il pouffa lui aussi.

M. Pham et Mohamed n'arrivaient plus à parler. On entendait résonner le rire huileux de Mohamed comme une voix d'outre-tombe et celui, tout petit et saccadé de

M. Pham, comme le pépiement d'un moineau. Les deux hommes pleuraient à grandes larmes. Mohamed faisait retentir ses bottes sur le sol et M. Pham, ses petites mains sur le comptoir.

Même « en se permettant un peu d'imagination », personne n'aurait pu souhaiter être ailleurs qu'ici.

17

PARADOXE

D'abord, il y a l'harmonie. L'envoûtement de l'ordre et de la maîtrise. Le sentiment apaisant du beau. L'illumination du vrai. Un mot qui vous saisit. Une idée qui vous transporte. On sent la lavande. On aime. C'est une délicieuse ellipse au milieu d'un sonnet. Le craquement parfait de la neige glaciale sous un pied. Wu. C'est une île flottante, une meringue qui casse autant qu'elle fond à la chaleur d'une bouche. C'est la délicatesse d'une main chaude, un tendre baiser sur un front, le visage de M. Pham. Le doux bercement d'une brise sur la plaine. La subtilité d'une onde sur un lac. Une tête de violon bien fraîche. La trêve du silence. La rosée du matin. Le sourire de maman.

Et puis, il y a le chaos. L'agacement du non-sens. Un brochet visqueux qui glisse entre des mains. L'amère salive du dégoût. La mort froide et laide. Un abcès qui éclate. La déréliction du silence. C'est l'âpreté de la solitude, la putréfaction, une nausée haineuse. La maladie qui s'acharne, qui traîne et vainc. On n'entend que les métaux rouillés d'un train couiner, on ne voit rien. On a les yeux pendouillant au bout de leurs nerfs. La grossièreté qui bave et suinte. De la vieille gadoue qui fond en vulgaire jus brunâtre. C'est la douleur vive et nue de voir souffrir ceux qu'on aime.

On ne distingue qu'une silhouette de femme portant deux masques : l'un harmonieux, l'autre chaotique. On ne peut différencier de quel côté est le visage et de quel côté est le derrière de la tête. Cette peinture, Wu l'a nommée *Paradoxe*. Elle est presque aussi saisissante que celle du nain géant difforme.

18

BOTANIQUE

Ma famille ne ressemble plus à une famille. Mes parents sont des enfants, ma sœur est un ordinateur, mon frère, un fou et moi, une simple mousse, un lichen qui apparaît quand rien d'autre ne pousse. Nous ne sommes qu'un tas de gènes semblables.

Mes enfants de parents sont entaillés. Ils ont la sève qui leur coule sans cesse de partout. Ils suent, ils pleurent, ils saignent. Ils se recroquevillent dans les coins pour que je ne m'aperçoive de rien. Ils ne comprennent rien à ce qu'ils bûchent, ils ne distinguent même pas le cèdre du bouleau. Tout ce qu'ils m'offrent, c'est un écrasant silence aveugle et un faux sourire de saule pleureur qui pèse plus lourd sur moi que n'importe quel bois.

Philomène est un ordinateur suivant machinalement un simple programme informatique. Elle compte et mesure des truites. Elle dit oui ou non. Elle explique, comprend. Elle dit : « Joachim ne va pas très bien » sur le ton d'une caissière annonçant les spéciaux d'une épicerie. Elle est de bois. Son corps fonctionne. Ses feuilles changent de couleurs au bon moment et pour les bonnes raisons. Elle professe des paroles réfléchies, exactes. Ses racines ne s'entremêlent pas. Elle mesure le beau, évalue l'amour et calcule le spleen. Un gros tronc dégarni qui est plus froid que n'importe quel hiver d'Abitibi.

Il fallait voir la scène. Joachim grognant, vociférant l'urgence d'ouvrir l'ordinateur pour qu'un système de confidentialité soit immédiatement activé dans la maison au complet. Papa agenouillé devant les fils de l'ordinateur pour arranger ce qui ne fonctionnait pas. Joachim impatient, impoli, grossier. Papa chantonnant pour camoufler son agacement. Le front de papa que l'on commence à percevoir luisant et perlant de sueur. La retenue de l'âme pendant que le corps révèle. Joachim qui éclate, qui se perd, qui fracasse un vase par terre. Et papa qui continue et continue à brancher des fils pour que son fils puisse se calmer.

Il y avait des éclats de verre partout dans le salon. De gros et de minuscules morceaux tous enfoncés d'un angle différent dans l'épais tapis. Un dégât fracassant qui aurait fait réagir n'importe qui. Maman qui sort son *Dirt Devil* en silence avec un petit tremblement de main. Elle a maintenant toujours ces mouvements saccadés et tremblotants. Elle ramasse la vitre comme si c'était de la poussière, rien de plus normal que de croiser un peu de vitre sur un tapis. Elle s'attelle à la tâche avec un inlassable dévouement et une minutie maladive. Derrière, Joachim qui s'emporte avec éclat.

Philomène qui lève les yeux de son livre de truite. On entend presque le son du radar de son regard qui se pose rapidement sur papa *bip*, Joachim *bip* et maman *bip* pour analyser la situation. On entend un aimable et trop prévisible : « Est-ce que je peux faire quelque chose ? » sortir de l'écorce de ses cordes vocales. Ensuite, vers Joachim : « Est-ce que ça va, Josh ? »

Je voudrais crier pour que tout cela cesse. Je voudrais prendre Joachim par les épaules et le brasser si fort, si fort qu'il en perdrait toutes ses feuilles. Le ramener avec nous. Il me semble qu'en le secouant assez vigoureusement, il pourrait se passer quelque chose, une prise de conscience, je ne sais pas, une illumination, un soudain réveil après des années de sommeil, n'importe quoi, mais quelque chose. Je voudrais hurler tellement fort que papa daignerait tourner la tête rapidement. Un mouvement brusque, un étonnement, un signe vif, une perte de contrôle. Il abandonnerait ses fils et courrait spontanément vers moi. En même temps, maman lèverait des yeux inquiets. La lourde et profonde tristesse qui l'habite laisserait place à un intérêt pour quelque chose d'autre, pour quelqu'un d'autre que Josh. Puis, elle me dirait avec affection un réconfortant : « Ça va aller Béatrice », en déposant une main douce sur mon visage. Je voudrais faire une telle impression que même ma sœur trouverait soudainement l'être humain plus captivant que ses poissons.

Je voudrais avoir une voix.

Être autre chose que cette brise tiède et inodore sur les arbres.

Un cri strident, puissant, vivant.

Mon frère s'avance vers moi. Il s'enfonce dans mon épaule comme si j'étais une vulgaire souche mal placée. Il écrase les marches comme des vesses-de-loup que l'on fait éclater et qui dégagent de la fumée. Je regarde avec désarroi chacun s'affairer avec précision à quelque chose : les fils, l'aspirateur, les truites, les marches. Chaque petit arbre tentant tant bien que mal de survivre dans la forêt trop anarchique. Chacun a une stratégie différente pour pouvoir pousser. Chacun lutte maladroitement à sa façon, mais lutte. La mienne doit être de rester dans l'ombre. De pousser comme un hêtre parmi les pins. J'avais l'estomac qui me comprimait le cœur. La violence et la douceur se sont heurtées.

Une petite ente qui tente de panser les entailles de ces arbres éraflés. Un baume, un greffon. J'aurais souhaité pouvoir faire quelque chose, n'importe quoi, mais faire quelque chose.

Changer de place avec eux : être mon frère, vivre mes parents, habiter ma sœur.

Être une ente pour ces entailles.

C'est cela, j'aurais souhaité être une ente pour ces entailles.

19

APORIE

Une machine qui ne fonctionne pas, une parole sans mots, une vie sans vitalité. Un cirque sans clown, un triangle à quatre côtés, une religion sans croyance. Il y a aussi, chez le voisin d'en face, un garage plus gros que la maison. Puis, au coin de la rue, un restaurant de mets chinois qui vend des frites en face d'une pizzéria qui fait du pâté chinois. Mohamed, le bouffon, qui mange de l'hummus avec du ketchup. Un dépanneur qui vend des rouleaux impériaux sur le même comptoir que des crottes de fromage. La voie ferrée n'est plus en fer, elle est en asphalte, mais on continue de l'appeler la voie ferrée. Une larme sans goutte. Un silence bruyant. Le voisin n'habite plus à côté, mais il est encore le voisin. On n'entre jamais par l'entrée, mais par le côté des maisons. Maman sourit en regardant la télé, papa fait le clown en mangeant des peanuts, Philomène pleure et Joachim est soudainement le plus attentionné des grands frères.

20

AMBIVALENCE

30 octobre 1995, aujourd'hui est une journée historique :
le Québec sera peut-être ce soir un pays.

Papa est parti à Montréal organiser un centre d'appels
temporaire pour le référendum. Bell avait besoin d'un chef
de section qui connaissait déjà le fonctionnement de ces
centres temporaires. Papa a l'habitude de ce genre de boulot parce que c'est lui qui s'en occupe pendant les élections
dans la région. Mais la compagnie hésitait à l'envoyer à
Montréal justement parce qu'elle perdait ainsi son spécialiste régional. C'est finalement lui qui est allé simplement
parce qu'il restait des fonds de transport inutilisés dans
son dossier. C'est dire comme les décisions sont souvent
aléatoires !

Maman l'a accompagné, même si elle a longtemps
hésité. Elle faisait croire qu'elle avait des affaires à régler
ici, mais je la soupçonne de ne plus vouloir laisser Joachim
seul trop longtemps. Et puis, je pense qu'elle va finalement
voter oui. Elle n'était pas encore certaine, il y a quelques
jours. J'ai l'impression qu'elle a peur pour l'hôpital qui sera
laissé tout seul avec sa francophonie en Ontario… mais
papa est tellement convaincu qu'on dirait qu'elle a flanché.
Alors, si jamais c'est *oui* ce soir, j'ai l'impression qu'elle
préférait être à Montréal avec papa pour pouvoir fêter un
peu. Ici, on risque plutôt de se réveiller avec des barricades
sur les ponts.

Nous sommes donc seulement tous les trois. J'aurais
aimé que Wu vienne passer la soirée ici, mais elle est partie
à Granby recevoir un prix pour ses tableaux. Sur le carton

qui annonce les lauréats, les membres du jury ont écrit :
« Nous avons choisi Chloé pour la lucidité de son regard
et la franchise de son pinceau, pour parvenir à solliciter le
laid en suscitant le beau. » Il me semble que c'est tout à fait
juste, c'est exactement Wu. Je devrais être contente, mais
je suis un peu perplexe parce que le jury lui a donné le premier prix ex-æquo avec un autre étudiant. C'est déplorable,
il me semble, quand ce que tu dois faire est précisément de
trancher, de ne même pas en être capable. J'ai l'impression
que les jurés ont eu peur de leur pouvoir, peur de devoir
assumer une responsabilité, alors ils sont demeurés indé-
cis. Quelle lâcheté ! Au moins, c'est Wu qui était parmi les
deux ex-æquo, alors on peut espérer que faute de rectitude,
ils ont encore du goût.

Philomène est assise depuis ce matin sur la même
chaise, elle n'a presque pas bougé. Elle prépare un projet
pour Expo-Science sur les voyages dans le temps et elle
est complètement hypnotisée par un problème qu'elle a
trouvé dans ses livres : « Le théorème d'indétermination ».
Elle essaie inlassablement de comprendre pourquoi il serait
impossible de connaître en même temps la masse et la
vitesse d'une particule. C'est à peine si les gouttes ne lui
tombent pas du front. Elle n'arrive pas à admettre que
quelque chose puisse être indéterminé. Pas simplement
non su, mais littéralement indéterminé. C'est vrai que c'est
difficile à admettre… Je me suis dit que même moi je n'arrivais pas tout à fait à accepter l'indétermination puisque
je pestais tout à l'heure contre le choix « indéterminé » du
jury pour le concours de peinture.

Philo a ensuite voulu me soutirer tout ce que je savais
sur Einstein parce qu'elle n'était pas du tout satisfaite que
son seul argument pour réfuter le théorème d'indétermination soit « Dieu ne joue pas aux dés ». Je l'entendais répéter :

«Mais qu'est-ce que Dieu vient faire là-dedans?» Elle était déçue d'Einstein, c'était éclatant. La petite rationnelle de Philomène, confrontée aux plus grands problèmes scientifiques et complètement abasourdie de voir alors poindre Dieu! Elle trouvait cela tout simplement inacceptable. Comme si chaque fois qu'il y avait indétermination, il fallait renoncer et s'en remettre à Dieu. Je ne sais pas pourquoi, mais je trouvais son désarroi attendrissant. En fait, si, je le sais. J'avais enfin l'impression qu'elle était ébranlée par quelque chose de plus fondamental que la pression atmosphérique ou les gènes de ses truites.

Joachim est descendu nous voir. Il nous a demandé si nous voulions manger du poulet ou de la pizza. Je crois que ni Philomène ni moi n'avons répondu. Peut-être étions-nous trop surprises que notre frère nous propose ainsi de s'occuper du souper. Il ne nous adressait que rarement la parole, trop occupé avec ses réunions intersidérales. Sa soudaine initiative nous laissait méfiantes. Devant notre mutisme, il a finalement ajouté :

— Eille, les indécises, j'vous demande c'que vous voulez manger! J'vais commander d'quoi.

— Du poulet, ai-je spontanément répondu simplement pour dire quelque chose.

— De la pizza, répondit en écho Philo, sans doute aussi désemparée que moi.

— Ben là! M'a faire v'nir des mets chinois debord, soupira Joachim.

Quand le livreur est arrivé, il nous a tout de suite demandé si nous avions été voter. Ce semblait être la seule question qu'il était possible de poser aujourd'hui. Ce matin, en marchant dans la rue, j'avais eu l'impression que tout le monde se regardait en se questionnant silencieusement sur l'allégeance de l'autre. L'air de chercher à provoquer la controverse, Joachim a répondu qu'il avait été voter et que « nous étions ben mieux de devenir un pays ». Étrangement, le monsieur a offert un large sourire à mon frère en ajoutant :

— T'as ben raison, mais faut pas s'en faire, c'fois-c'itte on va l'avoir !

— Vous croyez ? ai-je questionné du bas de l'escalier.

— C'est certain, même mon patron chinois a voté oui !

J'ai pensé que le livreur devait avoir raison, car M. Pham et Mohamed m'avaient eux aussi assurée qu'ils allaient voter oui. Momo disait que ce n'était pas pour lui, mais pour ses enfants, et M. Pham prétendait que les clients l'avaient convaincu. Peu importe, si tout Hull avait voté oui, alors on ne pouvait douter du reste du Québec !

— Paraît que c'est le chaos au bureau du premier ministre ! lança le livreur d'un air rieur, en empochant son pourboire.

— Je sais, je n'ai pas réussi à empêcher la crise, répondit très sérieusement mon frère, d'un ton d'homme d'affaires.

Philomène tourna brusquement la tête vers nous. Le livreur éclata de rire avant de repartir. Mon frère ne sembla pas comprendre pourquoi le monsieur trouvait cette situation drôle, alors que c'était plutôt inquiétant. Il ajouta, pour nous : « C'est vrai, je n'ai rien pu faire, c'est l'état d'urgence au Parlement ! » En retournant au salon, ça m'est apparu avec évidence : ce n'était pas complètement fou, il devait véritablement y avoir une situation de crise au Parlement. Pour la première fois depuis le début de toute cette campagne référendaire, j'ai pris conscience que le Québec serait sans doute un pays dès ce soir.

Papa et maman ont téléphoné plus tard pour nous dire de regarder la télévision parce que les résultats allaient bientôt commencer à être divulgués. Papa semblait prêt à s'évanouir tellement il était anxieux. Il m'a dit :

— Ce sont les résultats des Îles de la Madeleine qui sont le baromètre, dès qu'ils sortiront, on saura si nous avons un pays !

Joachim et moi avons regardé la télévision ensemble sans même nous adresser la parole une seule fois. Ça me semblait pourtant plus normal que son soudain élan d'intérêt pour le souper de tout à l'heure. Il vidait goulûment tous les pots de styromousse et regardait les nouvelles d'un air inquiet, comme s'il craignait que quelque chose se produise : un meurtre en direct, une bombe qui explose ou je ne sais trop quoi. Philo n'a pas mangé une seule bouchée. Elle ne voulait pas bouger parce qu'elle n'avait pas encore digéré l'indétermination, mais elle gardait un œil distrait sur le téléviseur. Quant à moi, je commentais stupidement tout ce qui se passait en reprenant les idées de papa sur les Îles de la Madeleine. Je crois que je voulais simplement meubler ce lourd silence qui semblait tous nous laisser un peu ambivalents sur ce que nous devions dire ou faire.

Le résultat a été déchirant : 50,6 % des votes pour le non et 49,4 % pour le oui. On a regardé la tension éclater en direct à la télévision. J'aurais aimé trouver cela aussi triste que les visages qu'on nous montrait, mais j'ai plutôt trouvé cela laid. En plus, ça me rappelait l'indétermination profonde qui flottait résolument sur notre soirée.

— Tu veux le fond de chow mein ou les ribs, me demanda alors mon frère avec une coulée de sauce rouge sur la lèvre.

— Le chow mein ! répondis-je avec un peu trop de précipitation, simplement pour briser l'ambivalence ambiante.

Joachim ne put s'empêcher d'être surpris devant tant d'empressement et de certitude de ma part. Il me regarda avec un léger sourire à la fois timide et moqueur. Un sourire qui me fit rougir. Puis, il murmura comme pour lui-même :

— Câline, je savais pas qu't'avais une telle passion pour le chow mein!

21

HASARD

« Ce n'est pas son sourire, mais plutôt la blancheur impec-
cable des chemises de M. Pham qui lui donne son air
espiègle », me disais-je, lorsque Philomène est soudainement entrée dans le dépanneur.

Wu et moi étions nonchalamment accoudées au
comptoir à manger des rouleaux comme si c'était ici un
restaurant et non un dépanneur. M. Pham riait de bon
cœur de voir Wu manger pour la première fois d'authen-
tiques rouleaux impériaux. Elle s'évertuait à expliquer que
c'était normal parce qu'elle avait toujours vécu ici, dans
une famille québécoise qui n'allait que dans des buffets
chinois, pas vraiment chinois. Mais M. Pham trouvait cela
drôle. Il ricanait silencieusement et parsemait son rire de
petites exclamations vietnamiennes qui devaient vouloir
dire « incroyable, incroyable ».

Je ne savais pas que Philomène connaissait ce dépanneur. Je ne l'avais encore jamais vue ici. Je me suis dit
qu'elle devait passer par hasard, ou qu'elle venait s'informer
de la structure des fondations du bâtiment. En entendant
la clochette de la porte qui annonçait ma sœur, M. Pham
s'est poliment excusé et est allé vers elle avant même qu'elle
nous aperçoive.

— Ma'moiselle Philomène, lui dit-il avec un petit
hochement de tête qui signifiait bonjour.

— Bonjour, Monsieur Pham.

— Comment vont vos truites ?

— Je ne sais pas... j'ai lu que certaines migrent en mer
et que d'autres demeurent en rivière, mais je n'arrive pas

encore à savoir pourquoi. On dirait que ce n'est pas une question génétique...

— C'est fascinant, répondit M. Pham avec sa charmante curiosité. Est-ce que vous croyez que ce pourrait n'être que du hasard?

— C'est possible, mais je ne sais pas s'il y a vraiment du hasard... Il me semble que les choses s'expliquent, parfois on ne sait simplement pas encore comment.

— Oui, la contingence.

— Oui... enfin, c'est très complexe.

— Peut-être est-ce que l'indétermination est encore la réponse!

— Ah non, répondit Philo exaspérée!

— Vous savez, j'ai beaucoup réfléchi à l'indétermination depuis la semaine dernière...

— Ah oui?

— Je me souviens avoir perdu un tournoi d'échecs parce que je n'arrivais tout simplement pas à décider quel mouvement était le meilleur. Je ne voulais pas que le hasard décide, alors je n'ai pas joué.

— J'aurais fait pareil.

— Je sais bien, l'impossibilité est le pire des adversaires. Dans ce cas-ci, c'était simplement impossible de déterminer ce que je devais faire, affirma M. Pham.

— Et finalement, quel aurait été le meilleur coup?

— Ah! J'ai effectivement analysé sous tous les angles les diverses possibilités... Je perdais mon roi, quoi que je fasse.

— Mais, est-ce qu'il y avait une meilleure manière qu'une autre de le perdre?

— Je ne sais pas, j'avais le choix entre l'attaque ou le repli.

— Hum... mais vous avez opté pour ne pas choisir.

— Oui. Vous connaissez l'histoire de l'âne ?

— …?

— Il n'avait ni mangé ni bu depuis un mois. On lui présenta de l'eau à droite et de la nourriture à égale distance à gauche. Il est mort sur place. Il n'arrivait pas à décider s'il avait plus soif, ou plus faim, raconta M. Pham, un sourire sournois sur le visage.

— Hum…

— J'aurais dû jouer, trancha-t-il catégoriquement.

— Oui, mais pour cela, il fallait choisir entre la mort par attaque ou par repli.

— Juste. Et il est impossible de déterminer laquelle est une meilleure mort.

Il y eut un bref silence. Wu et moi avons englouti ce qui nous restait de rouleaux impériaux et foncé à vive allure dans l'allée du lait pour ne pas que Philomène nous aperçoive. J'étais ahurie. Ma sœur connaissait non seulement M. Pham, mais elle venait ici et discutait avec lui de la meilleure manière de mourir.

— Et comment va votre frère ? demanda affectueusement M. Pham.

— Oh… pas très bien. J'ai l'impression que tout se dégrade. Je ne sais vraiment plus quoi faire. En fait, il n'y a rien à faire, je crois.

J'ai regardé Wu d'un air terrifié. Je ne pouvais pas croire que c'était ma sœur qui parlait, ma petite sœur si froide, si technique, si analytique, si insensible à toute émotion.

— L'impossibilité, l'indétermination, on y revient, quels adversaires ! Et votre sœur ?

— Je ne sais pas… je crois qu'elle n'en peut plus. Elle se camoufle comme une petite coque. Des fois, j'ai l'impression que c'est elle qui souffre le plus dans toute cette histoire.

— Quelle tristesse…

— Mais ça va, ne vous en faites pas pour nous. Est-ce que votre femme va mieux, Monsieur Pham?

— Hélas… non, répondit-il d'une voix accablée par la tristesse. Mais n'en parlons pas, n'en parlons pas aujourd'hui.

Philomène lui prit affectueusement l'avant-bras.

— C'est d'accord. Alors, je vais vous prendre une douzaine de rouleaux impériaux, je les ferai goûter à ma famille!

M. Pham se tourna vers le comptoir et sembla nous chercher du regard. Je m'enfonçai la tête entre la crème sure et le yogourt pendant que Wu lisait scrupuleusement les ingrédients du fromage cottage à un centimètre du pot. Il retourna à son comptoir, nous aperçut du coin de l'œil, prépara une jolie boîte comme celle qu'il avait enrubannée pour Mohamed et l'offrit gracieusement à Philomène avec son si délicieux sourire. Elle sortit du dépanneur avec son petit paquet fumant sous le bras en lançant un au revoir amical à M. Pham. On entendit la clochette de la porte sonner. J'allais m'effondrer.

C'est Wu qui me sauva en prenant la situation en main, en prétendant que nous nous étions éclipsées parce que nous souhaitions être polies en étant discrètes pendant que M. Pham discutait avec sa cliente.

— Oui, c'est une petite fille brillante, ma'moiselle Philomène. Elle vient religieusement chaque samedi midi, à la même heure.

— Quelle horloge! m'exclamai-je, ne sachant absolument pas quoi dire.

Je n'ai pu respirer qu'une fois sortie de chez M. Pham. C'était la confusion la plus totale. J'avais l'impression que quelqu'un avait organisé cette scène. Ma petite sœur lucide, sensible? Ma petite sœur qui mange des rouleaux impériaux, qui connaît M. Pham? C'était presque impossible : une mauvaise blague, un coup monté. Je ne pouvais pas croire que j'étais si aveugle. Et puis M. Pham, que je côtoyais presque chaque jour et de qui je ne savais absolument rien, ni de sa femme, ni de sa passion des échecs.

Wu s'est assise en plein milieu du trottoir, décontenancée elle aussi par l'apparition d'une Philomène qui n'avait rien d'une calculatrice. Enfin un geste que je reconnaissais, que j'aurais pu prévoir, c'était rassurant. Elle est restée quelques instants silencieuse, déposant lourdement sa tête entre ses deux petites mains délicates et filiformes. Puis, elle m'a finalement lancé, comme s'il n'y avait rien d'autre à dire :

— Si on allait souper au restaurant?

J'ai acquiescé. C'était suffisant pour aujourd'hui, nous allions au moins nous épargner les rouleaux de M. Pham en famille.

22

OBSESSION

Je repense sans cesse à Philomène avec M. Pham.
Ne suis-je vraiment qu'une petite coque?

23

CRÈME GLACÉE

Nous sommes en pleine nuit et ma mère a la tête dans le grille-pain.

Je n'arrivais pas à dormir. Il était minuit passé et je voulais simplement boire un verre de jus d'orange pour me distraire. J'ai monté les marches et, une fois dans la cuisine, j'ai vu ma mère penchée sur le comptoir. Un fil électrique pendouillait près de l'évier. Elle avait un tournevis dans la main droite et la tête dans le grille-pain.

Au début, j'ai cru qu'elle faisait elle aussi de l'insomnie et qu'elle en était rendue à vouloir laver jusqu'à l'intérieur d'un grille-pain. Mais je l'ai entendue dire :

— Hum… non, Joachim, viens voir, il ne semble pas y avoir de micro.

— Non, c'est vrai, dans le haut-parleur peut-être ? répondit alors mon frère.

— Peut-être… ajouta ma mère en s'agenouillant devant le stéréo.

J'ai alors douté : soit ma mère avait elle aussi un problème psychiatrique, soit elle embarquait totalement dans l'univers de mon frère. Ils se sont alors tous deux mis à ouvrir le haut-parleur. L'un dévissait attentivement les minuscules vis et l'autre défaisait difficilement les taques du tissu pour avoir accès à la bobine. Le coffre à outils traînait nonchalamment dans le milieu du salon. On semblait être en plein milieu d'un chantier de construction avec un marteau, des tournevis et toutes sortes d'objets qui traînaient partout sur le tapis. Personne ne parlait. C'était une scène tout à fait insolite. Je me suis demandé ce qu'aurait dit M. Pham s'il était entré chez moi à ce moment-ci. Je crois que j'ai eu honte.

Je suis retournée perplexe à ma chambre sans jus d'orange et sans davantage d'envie de dormir. Je ne les ai entendus descendre que beaucoup plus tard dans la nuit. Maman avait dû réussir à convaincre Joachim d'aller dormir un peu.

Le lendemain matin, nous avons fait griller nos pains au four parce que le grille-pain était complètement foutu. Après avoir assisté au spectacle de la nuit, je n'osais pas rechigner sur l'état surréaliste de la cuisine. Je regardais attentivement maman pour essayer de déceler quelque chose dans son visage, mais je ne voyais absolument rien si ce n'est qu'elle avait peu dormi. L'idée que ma mère puisse avoir ainsi une double vie à mon insu ne m'avait jamais traversé l'esprit. Celle qui ne m'apparaissait depuis longtemps que comme une petite fille affaissée et aveugle était peut-être tragiquement lucide.

Cet après-midi là, en m'achetant une crème glacée avec Wu, j'ai écouté maladivement le moteur de la machine à glace en regardant minutieusement ma crème molle sortir. Je me suis concentrée sur les moindres petits sons, les infimes bruits : l'effleurement de la main de la commis sur la manette, le moteur qui vrombissait, le crépitement de ma glace se déposant doucement dans mon cornet et même le craquement des cristaux fondant à la chaleur de l'air que je ne pouvais que deviner. Je sais que ce n'est pas tout à fait normal, mais je voulais confirmer que je n'entendais effectivement que du bruit, et non des voix.

La petite fille qui me servait ma crème molle à la vanille — et qui semblait ne même pas avoir treize ans — m'avait sans doute demandé à plusieurs reprises de payer pour ainsi finir par me crier de façon tout à fait impertinente :

— Eille! Eille! S'cuse! Ça va faire deux et vingt-cinq.

Quand je suis finalement sortie de ma bulle sonore et que j'ai tourné la tête vers elle, j'ai eu l'impression qu'elle me regardait avec un mélange de crainte et de dégoût. Elle semblait même reculer, comme si j'étais tellement répugnante qu'il ne fallait pas être trop près de moi. J'avais l'impression qu'elle regardait un nain géant difforme en kimono or et rouge. J'ai pensé qu'elle devait se dire : « Oh non, une folle, on ne sait jamais ce que ça peut faire ça, j'espère au moins qu'elle va payer! »

C'est difficile à décrire, mais j'ai été profondément blessée. Je me suis dit que mon frère devait constamment affronter ce genre de regards qui lui renvoyaient une image presque animale de lui-même. J'avais d'ailleurs moi-même longtemps jugé qu'il descendait davantage du lémurien que de l'homme, mais c'était blessant. Comment Joachim pouvait-il simplement espérer une vie quelque peu normale quand même la petite adolescente de la crèmerie allait lui projeter une telle vision de lui-même? J'ai pensé à mon frère et à toutes les fois où nous l'avions regardé avec notre air effrayé et dégoûté. J'ai eu envie de pleurer. J'ai alors entendu la petite imbécile répéter, en articulant comme si elle parlait à un bébé sourd :

— Deux et vingt-e-cinq.

J'ai finalement payé mon cornet, mais le constat accablant de ce que mon frère doit affronter chaque jour m'a ruiné le moral.

En arrivant à la maison, j'ai vu un tas de serviettes et de couvertures mouillées en grosse boule sur le perron. La porte était ouverte et Philomène tordait une moppe. Ça sentait le moisi mélangé à l'humidité. Elle était en bas des escaliers, les pantalons roulés jusqu'aux genoux et les deux pieds complètement submergés dans une eau trouble. Elle m'a regardée avec des yeux qui semblaient supporter à eux seuls un congélateur puis m'a dit :

— Je ne sais pas ce qui s'est passé, je voulais faire un lavage, mais la laveuse s'est mise à couler de partout. On dirait que quelqu'un a desserré toutes les vis !

Elle a ensuite ajouté, un peu exaspérée :

— Merde, tout fout l'camp dans cette maison !

C'est la première fois que je vois Philomène s'emporter un peu.

Mais elle a raison.

Elle a souvent raison, ma petite sœur.

24

CONFUSION

C'est confondant.

J'ai lu le poème suivant dans une anthologie : « Là. »
C'est tout, simplement : « Là. »

Puis, hier, M. Pham portait une chemise bleue.

Ce matin, Joachim m'a dit : « Je suis tout à fait d'accord avec toi, Béate. » Mais je n'avais même pas parlé.

25

NOIR ET BLANC

C'était l'hiver. Il avait neigé beaucoup pendant la nuit. Ce matin-là, les bancs de neige étaient immenses. Tout ce que l'on pouvait apercevoir à l'horizon était d'une blancheur infinie. Notre maison ressemblait à un petit iglou bien rond, sans fenêtres et recouvert de neige fraîche. Papa était allé travailler en autobus parce que c'était la congestion totale sur l'autoroute. Il avait terminé plus tôt, alors il téléphona à la maison pour savoir si maman pouvait aller le chercher puisqu'elle ne travaillait pas le mardi. C'est moi qui ai répondu, mais maman était partie prendre un thé chez la voisine, alors j'ai dit :

— Je vais y aller, moi.

Papa a ajouté :

— Demande à Philo ou à Josh de venir avec toi, comme ça tu n'auras pas à trouver de stationnement.

J'ai pensé : «Oui, je vais demander à Joachim… je vais enfin lui parler.»

En sortant dehors, j'ai eu l'impression d'être dans un vieux film en noir et blanc. Tout semblait dériver du blanc ou du noir : la neige immaculée, mes pas blanc jauni, la rue blanche ternie, puis la Pontiac 6000 trop noire. Je me suis assise et j'ai regardé le profil de mon frère. Je l'ai trouvé beau. Un rayon de soleil traversait son visage, donnant l'impression qu'il avait deux teintes.

— Est-ce que ça va, Béate ? demanda Joachim devant mon air sans doute trop contemplatif.

— Oui, oui.

— Pourquoi tu n'as pas demandé à Philo de venir avec toi, j'ai pas vraiment envie, moi.

— Tu sais bien, elle étudie toujours... elle a pas l'temps.

— M'ouais, répondit mon frère avec une moue résignée. Puis, il y eut un malaise. Joachim ne semblait pas comprendre pourquoi j'avais tant insisté pour qu'il vienne avec moi. J'avais simplement dit :

— Josh, tu veux venir avec moi chercher papa? Trop de neige, pas envie de fouiller pour un parking.

Devant son visage renfrogné, j'avais ajouté suppliante :

— Allez Josh, ce sera pas long... mets ton manteau, on part.

Un peu contrarié, il avait finalement enfilé ses bottes de neige et sa grande canadienne noire pour aller m'attendre lourdement dans la voiture. Maintenant qu'il était à mes côtés, je n'y arrivais pourtant pas. Je n'arrivais pas à émettre un son. Philomène avait peut-être raison la semaine dernière avec M. Pham : je ne suis qu'une petite coque.

Pourtant, il fallait le dire. Il fallait lui expliquer que son monde était tout simplement fictif, qu'il devait essayer de se faire soigner, que c'était impossible de vivre si détaché de la réalité. Il fallait aussi qu'il sache qu'il retrouverait peut-être l'appétit et le sommeil... Je voulais également lui dire que ça nous attristait tous profondément et que papa et maman étaient en train d'en mourir eux-mêmes. Et puis, si on allait à l'hôpital, ils pourraient faire quelque chose pour lui là-bas, je le sais parce que je me suis informée. Maintenant, il me fallait simplement le convaincre d'y aller, d'aller à l'hôpital pour revenir dans notre monde à nous. Je ne savais pas comment m'y prendre, comment lui dire tout ça, comment faire. J'ai pensé que c'était ma sœur qui aurait dû faire cela... Mais peut-être en était-elle finalement aussi incapable que moi.

Mon frère m'a alors demandé :
— Tu vas aller à l'université ?
J'étais surprise, émue presque. J'ai timidement répondu :
— Oui, probablement.
Puis, comme s'il était un grand frère tout à fait normal, il a ajouté :
— C'est bien ça, Béate, tu vas aller en quoi ?
J'étais désemparée. Mon frère était tout à fait normal, il entretenait avec moi un discours parfaitement logique sur un ton tout à fait naturel. Il s'intéressait à moi. Je me suis dit que finalement, mes parents avaient raison : mon frère n'a que beaucoup d'imagination. C'est peut-être simplement moi qui l'ai toujours considéré fou. Je lui ai répondu que j'aimerais bien faire des études en littérature, ou en sociologie peut-être. Il a ajouté :
— La sociologie... est-ce que c'est un peu comme de l'histoire ça ? Est-ce que tu vas déménager à Montréal avec Wu ?
J'ai répondu que j'espérais bien, oui. Alors, il m'a demandé :
— Tu sais pourquoi on appelle ça Mardi gras aujourd'hui ?
— Heu... je sais pas trop, ça doit avoir un lien avec Pâques.
— Ok, mais pourquoi Mardi gras ?
— Parce qu'on peut manger du poisson ?
Mon frère éclata de rire.
— Allons Béate, tu dis n'importe quoi, t'es pas une bonne sociologue !
— Ben là, c'est pour ça que j'irai à l'université.
— Moi, je pense que c'est parce que c'est le dernier jour avant le carême.

— Alors ?

— Alors, on mange gras avant de ne plus pouvoir manger.

— C'est pas bête, dis-je impressionnée.

Mon frère rougit de satisfaction. Il a soudainement levé les yeux vers le rétroviseur et son visage est devenu incolore. J'ai entendu un inquiétant :

— On est suivis.

J'ai instinctivement levé les yeux vers le rétroviseur moi aussi, mais il n'y avait rien, même pas l'ombre d'une voiture au loin. Je ne savais pas quoi faire. J'ai simplement répondu :

— Ben non, Josh !

Il a alors crié :

— T'inquiète pas, Béate, ils nous rejoindront pas, je les laisserai pas nous rejoindre, t'inquiète pas Béate...

Ensuite, il a allongé la main vers le volant. Je crois que j'ai eu peur parce que je l'ai repoussé d'un geste trop brusque. J'ai immédiatement senti que je perdais le contrôle de l'auto. Joachim essayait encore de s'emparer du volant, mais je ne sais plus si c'était pour se sauver ou simplement pour m'aider. Je crois qu'il y avait de la glace sur la route parce que j'ai senti les pneus glisser, mais je ne me souviens que de mon frère complètement terrorisé. Et de moi qui le repousse fermement, de nos bras qui se battent pour le volant. Puis, j'aperçois une voiture qui se dirige droit sur nous parce que nous roulons maintenant dans la mauvaise voie. Je veux éviter la collision. Je ne veux qu'éviter la collision. Notre Pontiac 6000 qui se dirige directement vers le fossé. Un bruit de freins. Je vois le bras de mon frère tourner frénétiquement le volant, puis le retourner encore. Et le mien qui fait la même chose, mais dans le sens inverse. Je crois que j'ai crié : «Josh arrête, arrête, laisse-moi faire» ou quelque chose du genre. J'ai tourné rapidement un œil vers mon frère; il regardait encore dans le rétroviseur. J'ai eu l'impression qu'il souriait, comme s'il était content d'avoir réussi à se sauver. En même temps, je l'entendais murmurer mon nom, comme s'il voulait me réconforter, s'excuser ou peut-être me faire un reproche, je ne sais pas. J'ai probablement figé, je ne sais pas non plus. J'ai peut-être appuyé trop fort sur les freins, ou sur l'accélérateur, je ne suis plus certaine de rien. J'ai entendu un bruit fracassant. Après, j'ai vu une tempête s'écraser dans la vitre et je ne sais plus trop. Je sais que j'ai serré ma main si fort sur le volant que je m'en suis brisé les phalanges. Je ne savais même plus si nous étions sur les roues ou sur le capot. Ma tête frappait le plafond constamment. Puis, rien. Je pensais simplement : « Accroche-toi. » Je n'entendais plus rien, je ne savais plus rien, je ne voyais plus rien. Le noir total.

Quand j'ai ouvert les yeux, il n'y avait que de la neige rouge partout dans la voiture. Les fenêtres étaient complètement éclatées. Des milliers de petits cristaux de vitre. Il y avait des papiers et des outils qui jonchaient le sol.

Tout était immobile, fixe, figé. L'hiver. Un silence absolu. Une immobilité totale. Une scène horrible. Un rayon de soleil trop fort.

Une myriade de couleurs sur des prismes.

Je n'arrivais pas à bouger. Tout ce que je voulais, c'était tourner la tête pour voir mon frère. Pour voir si mon frère était encore là. Mais je n'y arrivais pas. Plus rien n'importait. Plus rien n'existait, ni moi, ni hier, ni là, ni tantôt. Que m'importait que l'avenir soit blanc et la journée noire... je voulais simplement voir mon frère vivant. Voir Joachim. Il me fallait lui parler, le voir.

Que Joachim soit là.

Encore là. Qu'il soit vivant. Que Joachim soit encore vivant. Mon frère. Il me faut mon frère encore vivant. J'espère tellement avoir été au moins capable de lui dire cela.

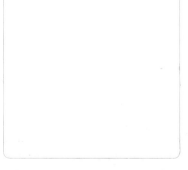

26
L'HIVER, ENCORE

C'est un spectacle glaçant. La neige bleue, blanche, belle, tapisse le sol comme des milliers de diamants reflétant les rayons lumineux. Je ne sais pas comment ça s'appelle. Ça porte un nom, c'est certain. C'est un procédé connu : les rayons du soleil font émaner les couleurs de l'arc-en-ciel sur de petits cristaux de neige. On dirait les écailles d'une truite visqueuse tout juste sortie de la rivière. C'est une question d'ondes, de spectre je suppose. Je ne sais plus d'où je tiens cette théorie, de Philomène sans doute, mais il paraît que plus il fait froid, plus les faisceaux lumineux sont colorés.

Aujourd'hui, c'est une journée glaciale, comme seul février en connaît.

Un temps sec, cassant, cruel.

C'est un décor affreux que celui de cette neige si fraîche sur laquelle se découpent les silhouettes de ces grands manteaux noirs, de ces épaules tristes, la trace de ces pas lourds, lents, léthargiques. Tout ce que je souhaite en ce moment, c'est chercher à comprendre n'importe quoi pour ne plus voir que les infimes détails du portrait qui s'offre à moi : une lumière sur un glaçon, un bouton à quatre trous, une goutte qui roule, la neige qui crépite, une paupière qui se ferme. Tant que je ne m'attarde qu'aux menus détails, je ne saisis rien. C'est comme ça. Si on n'observe que les petits gestes, que les microscopiques choses qui nous entourent, on peut encore en oublier l'atrocité. Je n'arrive pourtant pas à me concentrer. J'ai mal à la tête. Le cœur qui veut me sortir du corps. L'étrange impression que le paysage est embué, irréel, qu'il disparaît lentement.

La scène est intolérable. L'hiver, immobile, s'appesantit sur nous. L'horizon est trop marqué. Géométriquement tracé entre un ciel trop bleu et un sol d'un blanc trop frais. Je me sens étouffée, prise dans un étau. Dans une vulgaire boule de Noël en verre que quelqu'un aurait trop brassée, mais dans laquelle il n'y a hélas! plus de flocons. Le vertige, le mal de mer, de l'air.

Le sol craque.

Il me semble que tous ces visages mornes me regardent. Scrutent mes moindres gestes, cherchent une parole quelconque de ma part. Des visages de poupées qui attendent, inertes, que je les anime. Je ne veux pas les voir. Je les imagine en porcelaine. Des visages de poupées en porcelaine, ronds, gonflés d'eau, aux joues rosées. Des visages humides qui éclateraient inévitablement par ce froid fendant.

Mon père, grand, placide, droit, beau... mais si triste. Je le sais, je le devine dans les petits plis de ses tempes à peine cachés sous son bonnet d'aviateur, dans la courbe presque invisible de ses épaules. Comme s'il portait un poids trop lourd pour lui. À ses côtés, ma mère, dévastée, en larmes, le visage enflé, les yeux rougis et boursouflés. On jurerait qu'elle va s'effondrer, s'agenouiller et disparaître sous la neige. Elle porte dans son regard l'usure de ces années de souffrance. Même le vert de ses yeux est presque devenu gris. À partir d'aujourd'hui, c'est comme si elle avait souffert pour rien. Et puis, ma petite sœur, maîtresse d'elle-même. Une main réconfortante sur l'épaule de ma mère, l'autre bien serrée en poing au fond de son gant trop grand. Ses hautes bottes de cuir noir lui donnent une allure cavalière, chevaleresque. Son regard défiant, assuré, dans lequel je décèle tout de même une trace d'humidité, fixe la cérémonie comme s'il s'agissait d'une simple démonstration d'excavation en plein hiver. Elle sait toujours quoi faire, même ici, même aujourd'hui, c'est impensable.

Un portrait de famille incomplet, figé dans une douloureuse beauté, dans une infinie tristesse ; c'est le dernier souvenir que j'ai des funérailles de mon frère.

20 février 1996 : mon grand frère est mort.

Et moi aussi.

II

AIGRE-DOUX

27

FINITUDE

Je me suis réveillée dans un sale état. Je suis certaine d'avoir dormi pendant trois jours. Je me sens vraiment comme si je sortais d'une trop longue nuit de sommeil. J'ai le corps engourdi, les yeux qui ne veulent pas s'ouvrir, le cerveau en guimauve. On dirait que j'ai été assommée. Et puis, je me sens vide. J'ai simplement envie de rester dans mon lit, de me coucher à nouveau puis de dormir plus longtemps encore. En me levant, j'ai eu l'impression que je pesais trois cents livres. J'avais les jambes lourdes, le bassin comme un bloc de béton. En plus, j'avais mal aux muscles, il me semblait qu'ils avaient travaillé toute la nuit.

On dirait qu'il neige dehors, ce serait donc l'hiver, encore. C'est sombre, gris. En fait, il pleut, je crois. Un temps de merde, c'est certain. Puis c'est lourd, humide, l'air semble compacté comme pour qu'on ne puisse pas le respirer. J'étouffe. Je vais sortir de cette chambre asphyxiante, me lever de mon cercueil de lit pour aller voir un peu le déluge. Je ne sais pas, je pourrais aller chez M. Pham peut-être.

La dernière fois que je l'ai vu, c'était aux funérailles. Quand il a réalisé que c'était moi la petite coque de laquelle parlait Philomène, il a dû hocher la tête en serrant les lèvres, l'air de dire : « Mais oui, mais oui, c'est évident,

Béatrice est la sœur de Philomène.» Je ne m'en souviens pas, parce que cette journée n'est pratiquement pour moi qu'un gros trou noir dans les dédales de ma mémoire. Je l'imagine bien cependant, pas tout à fait pantois devant ce hasard qui n'en est peut-être pas un. Oui, je vais aller chez M. Pham, ce ne peut qu'être apaisant d'être avec lui.

J'ai enfilé mes bottes avec difficulté. Il me semble que tous mes gestes sont lourds et lents. Je me suis enfoncé une tuque sur la tête et je suis sortie sans même attacher mon immense manteau de plumes d'oie qui me donne l'impression d'être un énorme ballon gonflable. Je ne me souviens pas d'être sortie de la maison, ni d'avoir marché jusqu'au dépanneur, mais je me souviens que les rues étaient détrempées, pleines de neige sale en train de fondre sous la pluie. Un temps de chiotte.

En entrant, j'ai trouvé M. Pham assis et silencieux sur un tabouret derrière son comptoir. Il avait les yeux fermés et paraissait incroyablement vieux. Il m'a semblé que ce n'était pas tout à fait M. Pham, mais son père, ou son grand-père même. La clochette de la porte ne l'a même pas fait broncher. L'horloge de porcelaine rouge et or derrière lui était arrêtée à midi pile, ou minuit peut-être, qui sait? Il semblait profondément assoupi, la tête penchée sur son épaule gauche. Je l'ai regardé tranquillement. Je n'avais jamais vu toutes les rides qui encadraient son doux visage. J'ai pensé qu'il devait trop travailler. Je n'avais jamais remarqué non plus qu'il avait les cheveux si blancs, les joues si pâles et creuses… M. Pham avait vieilli. C'était un vieillard. Je n'ai pas osé le réveiller, il avait l'air si paisible. J'avais en outre l'impression qu'il n'était pas vraiment M. Pham, et j'avais presque peur qu'il ne se réveille même pas tellement il semblait inerte. Je suis simplement repartie.

Je me suis ensuite arrêtée chez Wu. Je n'avais envie de rien. Un vide pesant me terrassait le corps. Et puis, tout me semblait arrêté, fixé, figé : la rue, la pluie, les voitures, M. Pham, l'horloge... C'était inquiétant. On aurait dit que je me promenais à travers un vieux cliché noir et blanc, que j'étais la seule chose animée dans un décor totalement fictif. J'ai cogné chez Wu, mais personne n'est venu répondre. Pourtant, il y avait de la lumière, il devait bien y avoir quelqu'un. Par la fenêtre, j'ai alors aperçu la mère de Wu, blême, si blême et si maigre, clouée sur le sofa. Ses os transperçaient sa jaquette bleue. C'était horrible! On aurait dit qu'elle était un squelette sur une civière. Je la reconnaissais à peine, mais je devinais qu'elle avait vieilli, je lui aurais donné au moins quatre-vingt-dix ans, elle semblait si malade. Je suis entrée en vitesse, terrorisée, et j'ai aussitôt aperçu le père de Wu, figé lui aussi, une statue de cire assise devant le téléviseur. Il avait le visage crispé de douleur et un bras recroquevillé sur la poitrine. Il était le même homme qu'hier, avec les mêmes vêtements, la même coupe de cheveux... mais il semblait mort. Figé mort, terrassé par une crise de cœur. J'ai hurlé.

J'ai rapidement couru dans la maison en laissant des traces de boue neigeuse partout. Je suais sous mon gros manteau trop chaud, ma tuque me piquait la tête. Je suis alors entrée à toute vitesse dans la chambre de Wu. Un sentiment étrange me flottait dans l'estomac. Je n'osais pas l'admettre, mais je savais à quoi m'attendre. Puis, c'était ça, je le savais, c'était ça. Elle était dans son lit. Il y avait un bordel total autour d'elle. Du linge partout, des bouteilles de bière vides, des assiettes sales, des restes de nourriture qui languissaient sur le plancher. C'était affreux. Il y avait des petites bonbonnes de propane vides qui gisaient ici et là, des marques de brûlures sur les murs, sur le sol. Une tonne de vieilles chandelles fondues. Il y avait aussi un vieux contenant de crème glacée vide dans lequel il restait quelques traces de poudre, une cuillère brûlée et des seringues. Wu était dans son lit, une coulée de sang séché lui sortait du nez. Elle semblait être là depuis quelques semaines déjà. Elle avait le corps plein de coupures et de bleus. Je la reconnaissais, mais elle avait les cheveux encore plus courts et une multitude de dragons tatoués partout sur le corps. Elle était Wu, mais à trente ans. Elle avait encore ce même petit visage si beau. Mais vide, tellement vide.

J'ai réussi à me traîner jusque chez moi, livide, espérant n'importe quoi pour me sortir de ce monde de morts qui me suivaient à la trace. C'était surréaliste. Wu n'était pas morte. Wu n'était pas encore morte ! Elle n'avait pas trente ans. J'ai compris quand j'ai vu Philomène, qui ressemblait drôlement à maman… Philomène qui avait peut-être cinquante ans, elle était tout simplement immobile, je ne voyais rien, ni souffrance, ni blessure, ni maladie, mais elle était clairement morte. C'était terrifiant ! Je suis entrée dans la maison, Papa était en fauteuil roulant, il semblait aveugle, il lui manquait une jambe et il avait des marques étranges sur la peau. J'ai détourné le regard parce qu'il m'avait l'air trop jeune, c'était effroyable, je ne voulais pas le voir mourir si tôt. Maman était quant à elle dans son lit, elle était belle, rayonnante et très vieille. C'était presque réconfortant. Il y avait une tonne de lilas sur son bureau. Je n'osais plus bouger. Je ne voulais surtout pas voir Joachim. Je ne pourrais pas tolérer de le voir à nouveau avec tout ce sang, la vitre, son cou brisé, la voiture… Pas Joachim. Et moi, où étais-je, moi ? J'allais mourir moi aussi. Nous allons tous mourir.

Je suis sortie de chez moi en vitesse. Il y avait des morts partout. J'ai cru reconnaître Mohamed avec l'estomac éclaté. J'avais l'impression de marcher dans un cimetière vivant et grouillant de vies mortes. Je me suis dit que ce devait ressembler à ça être le seul survivant pendant la guerre. Ce devait être quelque chose comme ça : marcher sur des cadavres, chercher un corps que l'on connaît, fuir sa propre mort. Il y avait toutes sortes de visages, certains paisibles, d'autres terrifiés. Il y avait la maladie, la vieillesse, la jeunesse... Il y avait tout cela mort sous mes pieds. Et, il y avait moi qui tentais malgré toute cette mort de fuir pour vivre encore un peu.

C'est vrai que ça ressemble à ça la vie : marcher sur la mort pour vivre encore un peu.

Ce fut la deuxième journée la plus horrible de mon existence.

28

FUMIER

Philomène tente de me réconforter :

— Tu n'y pouvais rien, me répète-t-elle.

— C'est faux Philo, j'aurais dû pouvoir faire quelque chose.

— Tu étais simplement dans l'auto, il n'y avait rien à faire.

— Je conduisais Philo... Si j'avais mieux connu Joachim, j'aurais su comment agir, insistai-je.

— Je t'assure Béate, il n'y avait rien à faire. On ne pouvait pas «mieux connaître» Joachim, il était simplement malade, totalement imprévisible.

— Si je l'avais écouté, si j'étais parfois entrée dans son monde... peut-être que...

— C'est ridicule! Tu sais bien qu'on ne pouvait pas «entrer dans son monde», il était fictif, son monde!

— Mais maman le faisait, elle, dis-je en pensant à la nuit des électroménagers.

— Je sais bien, ajouta Philo, mais ça ne l'a pas sauvé non plus.

— Si j'avais au moins réussi à lui parler cet après-midi-là... il serait peut-être encore ici. Mais j'ai bloqué, j'ai figé, j'ai renoncé. Je n'ai rien fait! C'est ma faute. J'aurais dû rester calme.

— Béatrice! Tu sais bien que c'est faux tout ça. Tu n'y pouvais tout simplement rien.

C'est mignon, gentil, ma petite sœur qui tricote des arguments, mais je vous assure, c'est ma faute si notre frère est mort. Philomène est dévastée elle aussi. Je le sais. Je vois bien que ma petite sœur est lasse, même ses truites ne l'animent plus autant. Elle veut cependant me le cacher, elle veut m'aider, moi, parce que c'est moi qui ai tué Joachim. Maman aussi essaie de me réconforter, de me convaincre que je n'y suis pour rien. Mais je n'accepte toujours pas que ce soit moi qui sois encore ici, moi, une petite coque inodore, incolore et sans saveur. Papa, lui, ne sait tout simplement pas quoi me dire. Je sais qu'il veut me faire comprendre que je ne dois pas me sentir coupable, mais il s'y prend mal. Il tente maladroitement d'entamer la conversation. Je ne leur en veux pas, je ne leur demande pas d'être à la hauteur. Je ne leur demande rien ; ils ont mal eux aussi. Mais je me sens coupable. J'ai la culpabilité qui me pisse des veines, qui m'affecte, qui m'affaisse, qui m'effondre. J'ai presque honte de les regarder et de les écouter. Ils doivent me détester.

J'ai tué mon frère. Ça sent le soufre. Ça empeste le poisson ranci, le lait tourné, le chou-fleur pourri. C'est dégoûtant. Une odeur trop forte de sueur, de crabe moisi, de rat décomposé. On se croirait dans un port de morues mortes, sur un quai de harengs salés mal séchés, aux abords d'un bateau ruisselant de peaux de saumons pleines de vers. J'ai envie de me vomir, de me servir les boyaux aux chacals, de m'enterrer la mort au milieu des coquerelles et des limaces.

Foutez-moi la paix !

Il y a Wu, que j'écoute un peu parce qu'elle me parle de peinture. Elle m'a dit qu'elle était en train de peindre une femme si grande qu'on ne lui verrait même pas la tête. Dans sa main, il y aura un minuscule violon qu'elle peine à tenir tellement ses doigts seront gros. Elle aura les jambes si osseuses que ses genoux ressembleront à d'énormes balles de tennis enflées. Elle n'essaie pas de me convaincre de rien, elle n'essaie pas de me réconforter. Elle est simplement là, à acquiescer que c'est laid, que ça pue, qu'on devrait peut-être aller ailleurs qu'ici.

J'essaie de penser à autre chose. J'essaie de penser à M. Pham, à son visage, à son calme, à son sourire. Je m'imagine que lorsque je le reverrai, il m'offrira un verre de saké en ne disant absolument rien parce qu'il n'y a précisément rien à dire. Il aura la même expression que d'habitude, les mêmes vêtements d'une blancheur éclatante et la même odeur sucrée, mais un regard un peu plus soutenu qui voudra à la fois dire « atroce » et « je suis là ». J'essaie de m'imaginer sa compagnie encore et encore, mais c'est sans cesse mon frère qui me cogne à la tête.

Je ne vois plus que cela. Je ne vois plus que mon frère, le crâne fendu, le cou cassé au milieu de son sang. C'est horrible. Un bras mou, un visage qui n'est plus un visage. Des papiers, un marteau, un manteau, au loin, vide. Mon frère n'était plus mon frère. La vitre éclatée en cristaux multicolores sur la neige, sur mon frère, sur moi. Le soleil trop fort. Je ne vois que cela. Son sourire noir. Puis, les derniers mots qu'il m'a dits : « T'inquiète pas, Béate ». Mon grand frère comme un nain géant difforme incompris. Moi qui ne le comprends pas. Qui n'essaie même pas. Qui ne veux que le ramener dans notre monde à nous. Mon frère qui a peur. Et moi qui ne pense qu'à sa maladie, jamais à lui.

Je ne vois plus que mon frère déformé, à moitié enseveli sous la neige rouge et le soleil blanc.

29

SIMPLICITÉ

Maman cogne à ma porte.

Je ne sais pas… je n'ai envie de rien, mais maman qui cogne à ma porte… J'ai toujours envie de maman. Elle avance doucement vers moi. S'assoit sur mon lit. Elle n'essaie plus de me convaincre, elle est juste là, avec moi. Après quelques minutes, elle me lance un tout simple :

— Béatrice, ça va ?

Alors, un peu désemparée, je réponds que ça ne va pas, que je me sens fatiguée, épuisée, vidée, coupable. Maman s'approche davantage de moi, me passe une main chaude sur le visage comme lorsque j'étais toute jeune. Elle me dit :

— J'ai un petit cadeau pour toi.

Elle m'offre un paquet emballé qui ressemble à une bande dessinée. Je l'ouvre : *Le grand livre des odeurs*. Elle ajoute :

— Je sais que tu es déjà une spécialiste, mais j'ai cru que ça pourrait t'intéresser.

J'étais perplexe. Je ne reconnaissais pas ma mère derrière toute cette affection. En même temps, j'avais précisément l'impression de la reconnaître enfin.

Le livre était magnifique, il y avait toutes sortes d'aliments, de plantes, d'arbres, de fleurs, d'objets et une description de leurs odeurs avec les plus subtiles nuances. J'ai pensé qu'avec ce livre, j'arriverais peut-être à décrire précisément l'odeur de la sauce pimentée des rouleaux de M. Pham. J'arriverais à mettre des mots précis sur son arôme de poisson et j'irais le lui annoncer avec éclat. M. Pham n'arriverait pas à croire que j'avais réussi à percer son mystère. Il garderait sa candeur habituelle pour me dire avec fierté : «C'est exact, Ma'moiselle Béatrice, vous avez trouvé.» Il me lancerait alors un regard complice et souriant.

Nous avons parlé longtemps maman et moi, seules, toutes les deux. Elle m'a raconté des histoires sur les odeurs de son enfance : le blé qui sèche, la grange qui brûle et les mains de grand-maman qui sentaient toujours les animaux morts.

— Les animaux morts? demandai-je, intriguée.

— Oui, le poulet, le bœuf, le porc...

— Parce qu'elle cuisinait?

— Oui... et le chat aussi.

— Le chat? dis-je, dégoûtée. Vous mangiez du chat?

— Mais non! Ta grand-mère devait assommer les petits chatons parce qu'il y en avait beaucoup trop sur la ferme, répondit ma mère en étouffant un sourire.

Je ne sais pas si j'étais soulagée ou effrayée de savoir que ma grand-mère ne mangeait pas les chats, mais qu'elle les assommait. J'étais cependant tout à fait ravie d'écouter maman me parler, me bercer de ses souvenirs à elle. J'avais l'impression d'être là, tout près, que nous étions liées l'une à l'autre. Qu'elle était une mère qui parlait à sa fille. Mieux même : qu'elle était ma mère et qu'elle me parlait à moi, sa fille, Béatrice.

Avant de partir, elle m'a glissé tristement :

— Je ne sais pas comment je vais y arriver sans Joachim.

Je lui ai répondu simplement :

— Moi non plus.

On s'est regardées longuement. Elle a ajouté en fermant doucement la porte :

— Va falloir trouver.

C'est peut-être effectivement aussi banal que cela, aussi simple : va falloir trouver une façon d'y arriver. Je ne sais pas ce que j'espère, encore plus de pathos peut-être, plus de souffrance. On dirait que si je ne dépéris pas assez, ce sera la preuve que je n'ai pas assez aimé mon frère, que j'aurais pu volontairement vouloir qu'il meure. Pourtant, maman a raison : il va falloir qu'on trouve un moyen de se sortir de ce bourbier. Je ne comprends pas du tout que ce soit maman, celle qui n'arrivait même plus à être ma mère qui vienne aujourd'hui me convaincre qu'il «va falloir trouver» une solution.

J'ai décidé d'essayer, au moins un peu. D'aller d'abord en haut avec les autres. De m'asseoir à table moi aussi.

C'est bizarre, depuis la mort de Joachim, rien n'a changé. La rue est la même, la maison est la même. Il y a le même printemps qui s'annonce et il sent les mêmes feuilles détrempées. Wu est toujours là. M. Pham et ses rouleaux sont toujours aussi exquis. Je suppose que le gros Mohamed joue encore la comédie, et que parfois, seul, chez lui, il mange nostalgiquement de pantagruéliques repas. Maman est toujours aussi triste et Papa, le même homme maladroit. Il y a Philomène qui m'inspire peut-être un peu plus de sympathie qu'avant, mais je crois que c'est simplement mon regard sur elle qui a changé, et non elle. Tout est symétriquement équivalent, curieusement identique. On dirait qu'il n'y a que ma culpabilité qui est apparue dans ce décor familier, c'est tout.

Je me suis finalement assise à table avec eux. Papa racontait que mon grand-père Joachim, avant de mourir, a demandé qu'on allume la radio. Il était à l'hôpital, mourant, et tout le monde voulait lui épargner les moindres bruits. Alors, il aurait dit : «Allumez donc la radio, faut bien que la vie continue.» Puis, maman a raconté que mon grand-père Pamphile avait fait ses valises quelques jours avant de mourir, comme s'il savait qu'il allait partir. Ma grand-maman Philomène aurait quant à elle ouvert les yeux et en voyant les souliers de son fils se serait exclamée : « Oh, non ! Je ne suis certainement pas encore morte parce que ces souliers sales-là ne me suivront pas au paradis ! » Ma grand-mère Béatrice, elle, ne s'est simplement jamais réveillée. Elle avait quatre-vingt-dix-sept ans et n'attendait pas encore la mort.

On a ri. Ce sont des histoires de morts débordantes de sagesse, grouillantes de bonheur. Maman et papa racontaient la mort de leurs parents avec un regard embaumé de nostalgie et un ton fracassant d'amour. Philomène était accoudée à la table, un immense sourire lui éclairant les joues rosées. Ses grosses boucles brunes lui donnaient plus que jamais un air de gamine. Nous étions là, tous les quatre, simplement assis ensemble, et nous nous riions tristement de la mort.

Papa souriait, s'esclaffait en parlant de ses parents et, chaque fois qu'il riait, frappait si fort la table qu'on entendait les assiettes échapper un bruit retentissant qui m'apparaissait plutôt comme une douce mélodie. À chaque éclat, deux petites fossettes se dessinaient sur les coins de sa bouche : je ne les avais jamais remarquées. Il était tout simplement magnifique : la mâchoire carrée, des épais sourcils noirs et d'énormes yeux bleu métallique. Mais c'est maman qui était la plus flamboyante, cet après-midi-là. Je vous assure, elle sentait la fleur d'oranger ! Elle souriait. Elle souriait comme je ne l'avais pas vue le faire depuis longtemps. Il faut lui voir le sourire, un peu en coin, un tantinet timide, le même que celui de Joachim. C'était beau, voilà tout.

J'ai pensé qu'il n'y avait pas plus envoûtant que ça. Simplement ça. Mohamed avait raison même s'il n'est qu'un bouffon, il y a, dans la simplicité, tout le charme délicat des plus subtiles nuances : un tendre tartare de saumon, la beauté éclatante du blanc, un regard, un sourire, un rire, une larme. Un mot, non pas deux, trois, non pas une phrase ou une idée, non, un mot : encore. Un moment. Là. Ce moment-là, encore.

Papa a dit en riant :

— Une fois, j'ai dû aller chercher Joachim à l'aéroport !

Maman a ri, elle aussi. J'ai demandé :

— À l'aéroport ?

— Oui, il essayait d'embarquer dans un avion sans papiers et sans valise, ajouta papa.

— Alors, les policiers nous ont téléphoné pour savoir si « Monsieur Joachim Dugas était vraiment un agent double », s'esclaffa maman.

On a ri tous les quatre.

— Une autre fois, nous étions allés à l'animalerie pour lui acheter un chien, raconta papa. Mais Joachim s'est mis à croire que le chien lui jappait des insultes, alors il s'est emporté et répondait au chien en criant. Tous les animaux ont commencé à s'énerver, c'était la folie totale dans l'animalerie. La sécurité a dû intervenir, mais pour maîtriser votre frère, il a fallu lui concéder deux poissons rouges qui, selon lui, lui appartenaient.

Puis, on a ri encore. C'était si apaisant de rire de Joachim. Comme s'il pouvait finalement nous inspirer d'autres sentiments que l'accablante tristesse des derniers mois.

Ça sentait les fleurs. Ça embaumait l'iris, un parfum de jacinthe, une touche de rose et un soupçon de marguerite. Il faut me croire, on se serait crus au milieu d'un jardin de géraniums, entre un hibiscus et un petit jonc fleuri, sous un magnolia, à l'ombre d'un vinaigrier caché par des cèdres. J'aurais voulu être ici, encore. Rester ici, encore. Écouter mes parents raconter. Continuer d'aimer Joachim.

Quand je suis retournée à ma chambre, cette nuit-là, je pensais enfin pouvoir m'endormir facilement. Il y avait quelque chose d'apaisé en moi. J'ai pourtant eu l'impression que la mort et son odeur de gros tas de fumier puant rôdaient toujours aux alentours. Comme une senteur bien incrustée dans l'épais tapis à poils vert caca d'oie de mes parents. Une odeur indélogeable, inévitable, indécrottable qui ne partira jamais, qui fera éternellement partie du décor. C'est donc avec cette pourriture-là « qu'il faut trouver une façon d'y arriver » ?

30

IDENTITÉ

Dès que je me suis levée, je savais que la journée allait mal se passer. Tout me semblait lourd, étrange et embué. Je ne sais pas trop comment expliquer mon état... Je n'avais envie de rien. Papa et maman étaient déjà au travail et Philomène à l'école. Avant, il y aurait aussi eu Joachim, mais plus maintenant.

En arrivant dans la cuisine, il y avait un mystérieux bordel qui me rappelait étrangement les nuits où maman et Joachim démontaient les électroménagers. Je ne voulais pas jouer là-dedans, alors j'ai décidé de sortir déjeuner quelque part. En passant devant chez M. Pham, j'ai vu une affiche dans la fenêtre sur laquelle était inscrit : « Fermé — retourné vivre au Viêtnam ». J'avais vu M. Pham encore hier et il n'avait jamais parlé de retourner vivre au Viêtnam ! J'en ai eu les larmes aux yeux. Je n'arrivais pas à croire qu'il aurait pu partir ainsi, sans rien me dire. Je me suis arrêtée dans une cabine téléphonique, tout près, et j'ai appelé immédiatement chez Wu pour savoir si elle en avait entendu parler. Sa mère a répondu et m'a tout simplement dit :

— Mais Béate, Wu est repartie vivre chez elle, en Chine...

Je suis restée sans voix, ne comprenant absolument pas ces étranges désertions.

Je me suis machinalement dirigée vers le petit restaurant Chez Rita pour me commander deux œufs jambon et un café. Je voulais réfléchir à tout cela, comprendre pourquoi M. Pham et Wu auraient pu vouloir partir d'ici.

J'avais une faim énorme et le cœur qui commençait à me défoncer le cerveau. Il me fallait un café. En ouvrant la porte, je me suis retrouvée dans une vieille maison victorienne. Un monsieur se faisait cuire un œuf sur son poêle à bois. On aurait juré être Chez Rita, mais bien avant que ce soit un restaurant. Pourtant, c'était maintenant un restaurant, non pas une maison, j'en étais certaine! Je suis sortie rapidement.

Je ne rêvais pas, j'en suis persuadée, mais en sortant, j'ai réalisé que j'étais à Venise. Je le sais parce que j'ai reconnu les canaux, les pirogues et le carnaval. C'était le carnaval. Les gens marchaient dans la rue, masqués. J'avais l'impression qu'ils voulaient se cacher, être des inconnus. Je me sentais en plein milieu de la Bourse avec trop de monde partout qui s'affairent et qui parlent, qui fourmillent, qui font leur petite besogne sans se préoccuper du mollusque qui traîne à leur pied. J'ai voulu demander à quelqu'un quel jour nous étions pour essayer de comprendre pourquoi je pouvais bien être ici. Mais on m'a répondu dans une langue que je ne connaissais pas. Il m'a semblé que ce n'était même pas de l'italien. Alors, j'ai demandé au Pierrot devant moi et il m'a répondu quelque chose dans une langue qui ressemblait à du polonais. Puis, ensuite, à la Colombine qui m'a répondu en arabe, à l'Arlequin qui m'a murmuré une phrase en espagnol, et ainsi de suite jusqu'à ce qu'un Polichinelle me réponde dans un français aux accents créoles escamotant les r :

— Vingt févwier 1996, Mawdi gwas.

En tournant dans une ruelle, j'ai vu du sang qui coulait partout, qui glissait comme un ruisseau entre les pierres et s'enfonçait comme une chute dans un égout. On était en train de tuer des moutons. Carnevale : enlever la viande, le dernier moment d'abondance avant le carême. Nous étions le 20 février 1996, Mardi gras, un peu plus de quarante jours avant Pâques. Un vieil homme, accroupi par terre, fumant la shisha et portant un oushanka russe de rat musqué a alors levé des yeux noirs vers moi et m'a pointée du doigt comme on identifierait un criminel ou un étranger. Il a ensuite ri d'un gros rire gras en dévoilant un sourire sans dents. J'aurais juré que c'était Mohamed ! J'avais l'impression qu'il venait de me maudire, ou peut-être riait-il simplement de moi, comme si je n'étais pas à ma place ici.

Je suis entrée sans regarder dans un restaurant japonais qui annonçait en anglais du café et je me suis fait servir en bislama. Sur ma facture, c'était inscrit : « New York, Time Square Restaurant ». Tout cela était d'une profonde incompréhension. Sans compter que j'étais assise en face d'une fenêtre d'où j'apercevais le Taj Mahal. C'était n'importe quoi ! Je n'arrivais ni à savoir où j'étais, ni quelle langue parler, ni à qui j'avais affaire. C'était tout simplement étourdissant. Alors, je me suis dit que je n'avais qu'à attendre, que la vie normale reviendrait bien dans quelques instants, une fois que j'aurais retrouvé mes esprits, que je me serais réveillée ou au moment où je fermerais le livre que je lisais peut-être. Mais absolument rien ne s'est passé, rien ne s'est arrêté.

Heureusement, j'ai aperçu Wu assise au comptoir. Je me suis ruée vers elle. Elle m'a regardée comme si j'allais l'attaquer. Elle m'a ensuite lancé des insultes en mandarin. Elle ne semblait pas savoir qui j'étais. Je me suis sentie infiniment et mortellement seule. Tous ces gens, tous ces pays, toutes ces langues… et moi, si seule. J'ai réussi à me dénicher un taxi jaune au coin du Tiergarten. Je n'ai pas pris de chance et j'ai dit :

— Aeropuerto, airport, flughafen, fēijīchǎng.

Le chauffeur s'est tourné vers moi avec un regard méprisant et s'est écrié dans un français parisien d'une condescendance insupportable :

— J'en ai rien à foutre que vous parliez plusieurs langues! En français, bordel de merde!

Je suis finalement arrivée à l'aéroport de Rio qui avait des airs de carnaval avec un soulagement immense. C'était simple maintenant, je n'avais qu'à m'acheter un billet le plus direct possible pour le Québec, Montréal, YUL. Quand j'ai demandé mon billet, la bonne femme indienne du service à la clientèle m'a dévisagée à un point tel que je me suis dit : « Ça y est, je suis mon frère : on va venir me chercher à l'autre bout du monde parce que je suis simplement une folle qui essaie d'embarquer dans un avion sans papiers et sans valise ». La bonne femme a alors pris un ton trop doux et un peu enfantin pour me dire :

— Mais vous êtes déjà à Montréal, chère, vous pouvez toujours voler vers Québec, c'est le carnaval qui commence aujourd'hui.

Je déteste les gens qui m'appellent « chère ».

31

PLANÈTE TERRE

Sur l'annonce, c'était écrit : « 103, rue Mars, propre, 2 pièces, neuf, 819-561-2487, visite libre après 6 h ». Wu venait visiter l'appartement avec moi parce que c'est évident, si je déménage, ce sera avec elle. La simple idée d'habiter sur Mars me paraissait d'un charme irrésistible. Je rêvais de me détacher, de m'éloigner, de m'affranchir de la gravité. J'imaginais aussi le départ de la navette sous les applaudissements et les regards admiratifs. Un décollage d'une prouesse technique inimaginable, avec une vitesse de vol dépassant tout entendement et un spectacle pyrotechnique enflammant. Une mission spatiale canado-chinoise. Béatrice et Wu posant fièrement avec leur gigantesque casque d'astronaute sous le bras. Clic.

— Tu crois qu'il y a deux chambres ? me demanda Wu.

— Je sais pas, mais au moins deux pièces. Si tu veux, on en garde une comme atelier, je m'en fiche.

— M'ouais, peut-être… dit-elle d'un ton songeur et vaguement triste.

— Bah, même si c'est petit, on s'organisera, insistai-je comme pour la réconforter, même si je ne saisissais pas pourquoi elle était si hagarde.

— Tu sais c'est où ?

— Aucune idée.

Puis, pour la faire rire, je lui lançai un clin d'œil complice et interceptai le premier passant sur le trottoir :

— Monsieur, Mars, vous savez c'est où ? demandai-je sur un ton légèrement idiot.

— Mars ? répondit-il en me dévisageant.

— Ouais, ouais, Mars, insistai-je très sérieusement.

— Ben... je sais pas exactement, quelque part près de Saturne ou peut-être après Jupiter... En tout cas, c'est dans notre galaxie, répondit-il hésitant et étonné.

— Oui, oui, je veux bien, mais on s'y rend comment? dis-je, impatiente.

— On s'y rend comment? répéta-t-il, me considérant de plus en plus comme une étrange créature.

— Ben oui, je cherche le 103, rue Mars, répondis-je en laissant volontairement planer une touche d'exaspération.

Le monsieur eut l'air soulagé. Mais sans doute trop honteux d'avoir cru que je parlais d'une planète et non d'une rue, il n'osa pas le démontrer et persista à me dire qu'il ne savait pas comment s'y rendre. Wu a presque troqué son air triste pour un sourire.

En arrivant devant l'appartement, nous avons cependant eu un atterrissage forcé.

— Merde! C'était la côte banane ici avant...

— Il n'y a même plus de forêt, rien, ajouta Wu désemparée.

La rue Mars était, jadis, un cul-de-sac sans nom qui se terminait tout juste avant la forêt de la côte banane de mon enfance. Le 103 était de surcroît une adresse en plein cœur de la forêt. La majeure partie de la côte banane était dorénavant le prolongement de notre galaxie à laquelle on avait ajouté Uranus, Mercure et un immense *Cinéma de la Voie lactée*. L'horreur! La lumière rouge de mon aversion du laid clignotait. En face, il y avait une gigantesque affiche qui annonçait l'ouverture prochaine d'un Wal-Mart. C'était impossible : je ne pouvais concevoir habiter sur une planète si hideuse construite en plein sur ma côte banane.

— On s'en va d'ici.

— On devrait peut-être aller visiter quand même, se risqua Wu.

— Bah! C'est trop laid.

— On fait quoi alors?

— Je sais pas. On va manger quelque part? répondis-je avant de m'apercevoir que Wu voulait plutôt savoir si nous allions quand même déménager.

Elle accepta tristement mon invitation, mais j'eus l'impression qu'elle allait pleurer.

— On trouvera bien un autre appart, ajoutai-je un peu trop légèrement.

— On pourrait déménager à Montréal, comme on voulait, proposa laconiquement Wu.

— ... Mais c'est loin, répondis-je faiblement

— ...

— Je sais pas...

— C'est loin de quoi?

J'hésitai quelques instants.

— De Philo, de mes parents... répondis-je timidement parce que je savais très bien que Wu n'avait pas vraiment de famille.

— Ah!

— Tu sais, ça changerait rien... Montréal, Rio, New York, c'est du pareil au même.

— ...

— On sera des étrangères partout...

— Sauf ici, tu crois?

— Sauf ici. La rivière, l'usine, les maisons allumettes... Puis, M. Pham, on connaît tout ici, ajoutai-je, cherchant simplement à la persuader.

— Ouais, acquiesça Wu visiblement peu convaincue.

Je n'osai rien ajouter, mais j'eus une pensée pour mon frère. Par-dessus tout, il me semblait que loin de Hull, je serais encore plus loin de lui. Puis, je regardai Wu, si petite, si belle, si triste et me demandai de qui elle serait loin, elle, de quoi elle pourrait bien s'ennuyer. Je n'arrivai pas à répondre. J'aurais au moins aimé pouvoir dire « de moi ». « Wu ne pourrait pas être loin de moi », mais je sentais bien que même ça c'était faux ; je n'étais ni sa sœur, ni sa mère. Elle n'avait pas de famille.

— De l'agneau, trancha soudainement Wu.

— De l'agneau ?

— Allons manger de l'agneau.

— Un curry d'agneau piquant avec une sauce raita, renchéris-je, sachant très bien qu'elle voulait simplement clore la discussion.

— Oui ! Avec du pain nan et une soupe dahl.

— Puis, même si on a plus faim, on prendra aussi du poulet tandori et une immense assiette de samosa.

— Et aussi des petits bajis aux oignons avec… heu… avec du riz basmati !

— Faudrait pas oublier quelque chose avec de la coriandre, aussi, juste pour l'odeur.

Wu a ri sincèrement de notre impossible festin. Nous avons marché très longtemps en poursuivant inlassablement l'énumération de tout ce que l'on souhaitait ingurgiter. Une fois de l'autre côté du pont, devant le petit restaurant indien qui nous avait animées toute la soirée, nous avons aperçu une affichette « Fermé » pendouiller mollement à la porte.

— Merde !

— Pas vrai, s'écria Wu presque en riant, tellement notre soirée tournait ridiculement à l'échec.

— Mais j'ai faim, moi.

— Joe's Fries, affirma Wu, résolue, en pointant une roulotte mobile tout juste en face.

— C'est pas très bon tout ça, dis-je en parlant tant des frites de chez Joe's Fries qui semblaient baigner dans une vieille huile rance que de notre soirée qui accumulait les échecs.

32

DÉCADENCE

Ça y est. Wu m'a annoncé qu'elle partait. Je ne peux pas lui en vouloir. Moi aussi, dans d'autres circonstances, je serais aussi partie. Elle en a marre d'ici. Je rêvais secrètement qu'elle reste. Mais elle n'en peut plus. Elle se fait regarder comme si elle était une extraterrestre avec son tatou de dragon sur la nuque, ses cheveux courts, ses cravates, sa petite bouille d'Asiatique et ses peintures terrorisantes. On dirait que tout le monde pense qu'elle sort d'un manga japonais, qu'elle est un dessin animé. Il la regarde comme si elle allait soudainement surgir d'un nuage avec un élégant mouvement de taekwondo! Je comprends, c'est insupportable. Au moins, à Montréal, elle pourra passer un peu plus inaperçue. Mais ça m'attriste quand même. Et puis, pour être totalement franche, j'ai peur pour elle. Mais c'est comme ça : c'est l'attrait de la grande ville. On dirait que tout le monde, un jour ou l'autre, est attiré par la ville. Nous sommes des peuples de grégaires, voilà tout. Et puis, moi aussi, je ferais comme tout le monde si je ne tenais pas tant à rester ici.

Tous ceux qui ne vont pas vivre dans une grande métropole ont une excuse comme la mienne. Je veux dire que si quelqu'un daigne ne pas adopter un mode de vie urbain, il doit absolument l'expliquer. Autrement, il est perçu comme l'un de ces ruraux qui ne connaît rien d'autre que ses choux et ses radis. J'ai demandé à M. Pham pourquoi il avait choisi de vivre à Hull. Il m'a répondu :

— J'aurais bien aimé m'installer à Montréal, mais j'avais une tante à Ottawa, je ne voulais pas être trop loin. Voyez, ma théorie se confirme. Dès que nous n'habitons pas Montréal, nous avons une excuse qui l'explique. En plus d'apprendre que Wu s'en va à Montréal, j'ai aussi découvert que M. Pham fait dorénavant des rouleaux impériaux pour IGA. J'étais au supermarché et je déambulais devant les congélateurs en me disant que c'était scandaleux de vendre autant de surgelés. Qu'au moins, le bonhomme campagnard qui ne connaît que ses choux et ses radis, lui, il sait comment faire cuire un bouilli. J'ai alors aperçu une boîte de carton où était inscrit : « Rouleaux impériaux — recette authentique — Monsieur Pham ». J'ai cru que c'était une coïncidence incroyable et j'ai acheté la boîte pour la lui montrer : il allait rire! En arrivant chez moi, j'en ai fait chauffer. C'était désastreux! Ça goûtait les rouleaux du vrai M. Pham, mais avec un arrière-goût de vieux glaçons de congélateur. J'ai demandé à Philomène de venir goûter pour m'assurer que je ne rêvais pas. Mais elle a acquiescé : ce goût était le même, à la différence près d'une congélation prolongée. Voilà, c'était la déchéance : après Wu et l'exode rural, M. Pham et le capitalisme sauvage.

Pour continuer dans la saga des décadences, il a fallu que papa arrive avec un nouvel ordinateur. C'est un nouveau modèle de Apple, le iMac, et Papa est devenu complètement dingue : il joue avec ça comme si c'était la plus belle création du vingtième siècle. Papa se tue d'ailleurs à m'en convaincre, mais je refuse catégoriquement. Il n'y a rien à faire, mon père est obnubilé par son nouveau jouet.

C'est l'une de ces journées comme ça. Il me semble que tout est vraiment laid, que tout dépérit, que tout régresse. C'est vrai, on dirait qu'il n'y a que de la déchéance de nos jours. Je ne parle pas de l'exode rural et du capitalisme, je blaguais tout à l'heure, mais c'est vrai que Wu part parce qu'elle est malheureuse. C'est vrai qu'elle espère mieux ailleurs. Je le sais. Elle a la tête qui veut exploser. Elle n'arrive pas à se sentir chez elle nulle part. Ni ici, ni avec ses parents, ni dans l'idée d'aller en Chine chez des parents qui n'ont jamais été les siens. Même dans son propre corps, elle se sent étrangère. Elle a la tête qui pèse une tonne, c'est trop lourd tout ça. Et puis M. Pham, au fond, il fait pitié avec son petit dépanneur où il n'y a toujours que quelques habitués. Il n'a pas d'argent et il travaille comme un forcené, même s'il paraît toujours au-dessus de ce genre de préoccupations financières. C'est pour ça qu'il fait des rouleaux congelés pour IGA. Papa n'est pas mieux, j'ai l'impression qu'il est maniacodépressif, ses humeurs varient en fonction de la rapidité de sa connexion Internet. C'est un peu pathétique. Puis ça pue dehors. D'un côté, ça sent Thurso, ça empeste les pâtes et papiers. Et de l'autre côté, c'est le gros fumet de purin qui nous monte la moutarde au nez directement de Gatineau. C'est répugnant tout ça.

Je suis allée dans un petit marché extérieur avec Philomène, cet après-midi. Ça ne m'a pas réconfortée du tout. Il y avait des poulets morts suspendus par les pattes autour desquels tournaient de voraces grosses mouches sales. L'étalage de fromage sentait les petits pieds humides et il y avait de gigantesques araignées qui se promenaient rapidement entre les raisins. Ma sœur essayait de donner un peu de lustre à tout cela en s'émerveillant devant un panier de tomates bien rouges. Franchement, ce n'est pas une émotion de tomates qui va me convaincre que nous vivons dans une époque de grandeur et de beauté ! De toute façon, je pense qu'elle a désespéré elle aussi quand le bonhomme lui a dit le prix de ses tomates organico-biologiques nourries exclusivement aux grains.

C'est déjà vieux ce truc de foutre « vert » et « biologique » sur tout. La nouvelle tendance aujourd'hui, c'est d'être végétarien. Oh la belle affaire ! Toute cette évolution pour en arriver là ! Même maman essaie maintenant de faire du pâté chinois aux lentilles, des burgers au tofu et elle achète du lait de soja. Sans blague, je crois qu'il va falloir faire un petit cours d'évolution à tout ce bon monde. L'être humain est devenu homme à cause de la viande. C'est vieux cette histoire : l'outil, le feu, la viande, les protéines, le cerveau, le sommeil,.. Et surtout, la vie en communauté parce qu'il faut dépecer rapidement le gros bison, s'entraider. Si on en était restés aux carottes, et bien on n'aurait pas plus eu besoin de l'autre que le lapin. Et puis, je le disais tout à l'heure, nous sommes grégaires, nous, les humains.

On est rentrées à la maison avec un simple sac de pommes McIntosh. Papa et maman nous regardaient avec un sourire attendri. Comme si c'était vraiment magnifique que nous soyons ensemble... C'est drôle, j'ai eu l'impression qu'ils étaient contents que Philomène me sorte, que Philomène me parle, que Philomène s'occupe de moi. Même si ça fait presque deux ans que nous avons eu l'accident, j'ai encore l'impression qu'on s'occupe de moi comme un boulet, un poids, une malade ou je ne sais quoi.

Je n'ai pas du tout aimé ça.

Je suis descendue à ma chambre. Je me suis allongée sur mon lit et j'ai essayé de dormir. Mais il y avait plein d'idées qui me défonçaient la tête en même temps. Trop d'idées, trop de choses : Wu qui s'en allait, M. Pham qui était pauvre, Papa et son iMac, puis tout ça s'est mélangé avec le bruit du téléviseur qui jouait à tue-tête de l'autre côté de ma porte. J'entendais Bernard Derome annoncer les titres du téléjournal : « La désertion des régions au

Québec», «les supermarchés et les nouveaux enjeux du capitalisme» et la sortie du «nouveau iMac». L'émission qui allait suivre était quant à elle sur les OGM. C'était tout simplement impossible! Il y avait sans doute quelque chose qui m'échappait, ce ne pouvait pas n'être qu'une coïncidence. J'ai silencieusement monté les marches et j'ai aperçu papa penché devant son iMac bleu, il mangeait le reste des rouleaux congelés de M. Pham et semblait trouver cela succulent. J'ai murmuré :

— Philo…

— Quoi?

— Viens voir…

— Qu'est-ce qu'il y a?

— Ben… tu vois quoi? ai-je demandé, pour confirmer que ce que je voyais était bien réel.

— Heu… papa qui mange des rouleaux congelés de M. Pham, répondit ma sœur, hésitante, car elle ne saisissait pas le sens de ma question.

— C'est tout?

— Ben oui, c'est tout.

— Et il fait quoi papa?

Ma sœur me jeta un de ses regards surpris qui jadis me faisait croire à du mépris et répondit un peu contrariée :

— Il pitonne sur son nouvel ordinateur.

— Alors, je n'ai pas inventé cela, dis-je soulagée.

Philomène me jeta un regard incrédule, éclata de rire, puis retourna machinalement à sa chambre.

33

JAUNE BURGER

La chambre de Joachim est devenue un bureau. Je pensais que nous allions garder cette pièce intacte, un souvenir, un musée, un artéfact, je ne sais pas. Mais non.

C'est maman qui a eu l'idée. Je me souviens parfaitement lorsqu'elle a dit :

— Nous devrions faire un bureau dans la chambre de Joachim.

C'était un dimanche soir. Nous avions mangé des hamburgers. Papa voulait démontrer ses médiocres talents culinaires et il avait fait une sauce au jus de cornichon, vinaigre et moutarde. Je n'ai pas voulu en manger, mais Philo m'a persuadée que c'était délicieux, même si ça faisait ramollir le pain. Ça s'est effectivement révélé être un succès monstre et papa était plutôt fier de sa création.

J'étais repue. Les assiettes sales et tachées de sauce jaune à papa étaient encore sur la table. La télévision jouait en sourdine. Philomène nous expliquait pourquoi les grosses truites, qui sont plus fortes, n'ont pas nécessairement plus de chance que les petites, qui sont plus rapides, de pouvoir féconder les œufs d'une femelle. Papa écoutait en pigeant avec une cuillère dans sa création à burger et maman venait de se lever pour brancher la bouilloire afin de faire du thé. Elle est venue s'asseoir à nouveau, puis a déclaré banalement :

— Nous devrions faire un bureau dans la chambre de Joachim.

Papa a figé avec une coulée de sauce jaune sur le menton. Philomène s'est tue et moi je crois avoir dit idiotement : « Hein ? » La bouilloire a crié.

Malgré l'effet de son boulet, maman a répété calmement :

— Nous devrions faire un bureau avec la chambre de Joachim.

— Non, non, a répliqué doucement papa, tu n'as même pas besoin de bureau.

— Moi non, mais vous tous, oui.

— Mais maman, on ne peut pas faire ça avec sa chambre, a dit Philomène, visiblement ébranlée. Ce serait comme s'il n'y avait plus de place pour lui.

— Mais non, Philo, il aurait été content ton frère. Il aurait trouvé cela inutile une chambre à moitié vide.

— Je ne sais pas moi non plus, ai-je ajouté, il me semble qu'il faut garder sa chambre comme elle est… c'est… une façon de se souvenir de lui.

— Oui, il me semble que c'est *sa* chambre, a insisté papa.

Il y a ensuite eu un énorme silence que même le cri de la bouilloire ne parvenait pas à meubler. Philomène regardait le plancher. Papa jouait à faire tourner sa cuillère et moi je me disais « c'est horrible de vouloir oublier ainsi Joachim », tout en tirant sur une petite couture qui dépassait nonchalamment de mon napperon. Maman s'est levée et a débranché délicatement le fil afin de faire taire l'eau bouillante. Nous observions ses moindres gestes. Ils semblaient terriblement lents. Elle a ramassé la table. Placé les assiettes une à une dans le lave-vaisselle. Elle a versé le reste de la sauce jaune à burgers dans un gros pot Masson, puis a nettoyé le chaudron. C'était interminable. Elle a versé l'eau chaude dans une vieille théière tachée, y a déposé deux sachets de thé. Ça a fait un plouc qui a paru résonner dans la maison entière. Elle est finalement revenue tranquillement avec quatre tasses. Elle s'est assise au même endroit et les a doucement remplies. Personne n'avait dit un seul mot, n'avait fait un seul son. Elle a déclaré :

— Comment voulez-vous que je l'oublie ? Je n'ai pas besoin d'un musée : c'est mon fils.

Je me suis brûlé la bouche avec mon thé trop chaud. Une semaine plus tard, la chambre était transformée. Philomène et moi avions décidé de nous occuper de tout sans maman. Papa avait monté deux grosses bibliothèques dans lesquelles j'ai retrouvé mes livres en ordre alphabétique : c'était sans aucun doute l'œuvre de ma petite méthodique de sœur. Il avait aussi installé son nouveau iMac sur le bureau et Philomène, quelques gros livres de biologie. J'avais proposé que l'on mette le tableau du nain géant difforme de Wu. C'était magnifique. Quand maman est descendue voir, elle a dit un peu dégoûtée :

— Mais les filles, c'est quoi cette couleur sur les murs ?

— Jaune blé des champs, a répondu systématiquement Philomène, l'échantillon à l'appui.

— On dirait plutôt jaune moutarde... ou même jaune sauce à burgers de votre père !

C'est évidemment papa qui passe le plus de temps dans le nouveau bureau jaune burger. Chaque matin, il monte se faire un café, puis il redescend rapidement. Il s'installe sur la grosse chaise et ouvre son ordinateur. Il regarde ensuite autour de lui en prenant une petite gorgée de café bien chaud et attend que le tout démarre. À ce moment précis, il ne fait rien, il ne dit rien, il fixe doucement le mur. Mais, j'ai aussi vu maman dans le bureau un vendredi soir. Elle était debout, immobile, les deux mains déposées sur ses hanches comme si elle s'apprêtait à faire un reproche. Elle regardait silencieusement le nain géant difforme de Wu avec un étrange mélange de sévérité et de tendresse. Quant à Philomène, elle a installé un nouvel aquarium dans le bureau. J'attends encore de la surprendre, mais je suis persuadée que parfois elle parle elle aussi aux poissons rouges.

34

NOËL

Montréal ressemble à un petit village en bonbon du père Noël. Le parc, en face de chez ma tante Rita, est devenu un enclos à sapins qui exhale les copeaux de bois et le pain d'épice. Les lampadaires sont déguisés en grosses cannes rayées rouge et blanc et des bonshommes de neige gonflables oscillent bêtement sur les balcons. Partout où l'on marche, on entend de la musique de Noël sortir de haut-parleurs de fortune installés seulement pour le temps des Fêtes. Les rues étroites sont ornées d'arches scintillantes qui ressemblent à de petits jujubes multicolores. On a presque envie de croquer dans tout ce que l'on voit. Il ne manque que la neige en guise de glaçage, mais c'est Noël quand même.

Grugeant le gosier de la dinde comme un blé d'Inde, mon oncle Arthur raconte une fois de plus le match de la dernière coupe Stanley des Canadiens que nous avions vu ensemble, il y a maintenant bien longtemps. Papa sourit avec un regard brumeux. Il se sert à nouveau un whisky. Il est ailleurs. Maman a les deux mains dans la farce aux marrons. Philomène, les deux pieds sur la table du salon. J'ai lancé :

— Je reviens dans une heure.

J'ai longé le boulevard Saint-Laurent un bon moment, les mains blotties au fond des poches de mon plus beau pantalon noir. Je n'ai croisé que quelques familles qui tentaient visiblement de digérer pour manger encore plus ce soir. Les commerces étaient fermés, mais on apercevait encore les vitrines, immobiles et pleines à craquer. Il régnait un calme rare de jour férié mêlé d'un soupçon de fête. Les églises étaient belles : fières et occupées par ce 25 décembre. Même moi, j'avais presque envie d'y entrer. J'ai enroulé comme il faut mon foulard à mon cou parce qu'il commençait à faire très froid. J'ai accéléré le pas, dépassé une crèche géante dans laquelle il y avait les rois mages, grandeur nature, suivis d'un âne sous un immense sapin plus grand que les arbres et les immeubles. J'ai finalement aperçu la rue Saint-Viateur. J'ai tourné à gauche et lorgné la fenêtre du deuxième bloc à appartements, premier étage : c'était chez Wu.

Depuis qu'elle est partie, elle n'est pas joignable. Je pensais qu'elle allait revenir souvent, au moins pour voir ses parents et évidemment pour me voir, moi, mais non. Je lui avais fait savoir que je serais à Montréal, mais j'ai bien l'impression qu'elle me fuit. Je ne sais pas ce qui se passe, mais ce n'est pas bon signe tout ça. Wu ne m'a jamais évitée. Wu ne m'éviterait pas.

Il y avait de la lumière dans l'appartement et une grosse couronne de cèdre sur la double porte avant. Ça sentait le houx. J'ai machinalement monté les trois marches de bois. J'ai cherché un signe quelconque de Wu, mais rien. J'hésitais. Ça ne ressemblait pas du tout à ce que je m'étais imaginé. C'était trop grand, trop propre, trop bourgeois pour Wu. J'ai dû rester longtemps sur le balcon avant de me décider à sonner parce que le soleil se couchait et je commençais décidément à frissonner avec mon simple petit veston de Noël en tweed.

C'est un jeune monsieur trop propret dans un veston cravate qui m'a ouvert. J'ai revêtu mon ton le plus courtois possible pour demander si Wu était là. Il a hésité. Il a glissé sa main dans la poche de son pantalon et s'est mis à jouer avec ses clés. J'ai remarqué qu'il portait une Rolex. Je me suis dit : « Wu ne doit pas tolérer ce type … » Il a reculé afin de fermer la porte derrière lui et est sorti sur le balcon avec moi. Je me suis demandé si c'était à cause du froid ou pour m'empêcher de voir à l'intérieur. J'avais tout de même déjà aperçu le magnifique salon orné d'un plafond haut et d'un mur de brique au centre duquel trônait un énorme foyer fumant. J'avais dû me tromper. Wu n'habitait sans doute pas ici. J'ai cru déceler un accent étranger lorsqu'il m'a finalement répondu :

— Whou ?

Je l'ai scruté de la tête aux pieds : un monsieur mignon après tout. Il continuait de faire tinter ses clés, ou ses sous peut-être. J'ai pensé qu'il était impatient parce qu'il devait être en retard chez sa mamie italienne à cause d'une petite cinglée qui s'était trompée d'adresse. J'ai ajouté :

— Je suis désolée, Monsieur, je cherchais une amie, mais ce n'est sans doute pas ici.

Il a hoché silencieusement la tête sans rien ajouter. J'ai cru qu'il ne comprenait peut-être même pas le français et je suis repartie vers chez ma tante. Comme s'il avait oublié l'essentiel, il m'a alors crié sur un ton trop amical :

— Joyeux Noël quand même, Mademoiselle !

J'ai tourné la tête pour lui faire un signe de la main. Il était toujours sur le palier, immobile, me fixant résolument comme si j'étais le père Noël avec des rennes dans une carriole en chocolat. Ses clés bruissaient encore dans la poche de son complet Armani. J'aurais juré qu'il était triste.

Je ne savais pas trop quoi penser. J'avais toujours eu l'impression que Wu était quelque part à croupir dans un trou à rat. Que j'allais la trouver dans un appartement puant, seule, ne sachant même pas quel jour nous étions.

Puis, je cogne à la porte qui devait être chez elle et je tombe sur un appartement ultra-luxueux devant un monsieur trop soigné qui semble feindre de ne pas connaître «Whou». Je ne sais pas... soit elle est effectivement dans une rue à croupir ou bien elle est simplement devenue une autre Wu : une Chloé dans une vie sans Béatrice. Peu importe, dans les deux cas, c'est terrible.

Je suis retournée chez ma tante Rita presque à la course. Il faisait une chaleur réconfortante dans l'appartement trop plein. Ça embaumait la dinde rôtie et le vin chaud. Philomène avait toujours les pieds sur la table du salon. Nos petits cousins étaient tous allés la rejoindre et ils étaient assis devant elle à l'écouter narrer des contes de Noël. Arthur essayait de chanter; tout le monde riait aux éclats. J'avais le bout des doigts qui picotaient en dégelant. On entendait le joyeux bruit des verres qui se cognent; celui de l'accordéon de mon oncle Hector. Maman était en train de gagner le butin au centre de la table grâce à une superbe main de vingt-et-un. Elle avait les cheveux en chignon et une robe vert lime qui faisait ressurgir le pourpre que le pastis avait donné à ses pommettes saillantes. Le petit sapin semblait éclatant avec ses boules transparentes en verre et son minuscule ange doré trônant candidement au sommet.

Papa m'a aperçue, immobile et frissonnante, dans l'entrée. Il a contourné la montagne de cadeaux qui languissait de se faire ouvrir. J'ai entendu des grelots. Un gros père Noël bouffi est apparu sous des «Oh! Oh! Oh!» dodus et a pigé dans les tomates séchées au passage. Mon père est arrivé près de moi. Il avait un quartier de clémentine entamé dans la main; ça sentait frais. J'ai remarqué un crucifix qui me fixait du haut de la porte d'entrée. Papa m'a prise dans ses bras. Il a glissé un baiser brûlant sur mon front encore bien froid en me souhaitant un «Joyeux Noël» d'une tristesse insondable. J'ai entendu les plaintes d'un cantique entonner l'Ave Maria.

35
L'AN 2000

On a totalement perdu le nord. C'est la fin du monde. Un énorme bogue informatique. Une explosion générale. La terre qui cesse de tourner. La revanche des coquerelles. Plus aucune gravité terrestre. Les courants qui se renversent. Je sais bien que demain c'est l'an deux mille, mais il n'y a pas de quoi en devenir fou! M. Pham fait des affaires en or. Il nous a raconté que les cannes de conserves n'avaient jamais été si prisées. Les gens en empilent dans leur sous-sol. Ils se transforment lentement en écureuil : ils font des réserves. Philomène n'arrivait pas à y croire. M. Pham a passé toute la semaine à tenter de la convaincre que l'homme n'est pas toujours aussi rationnel qu'on dit qu'il est. Je ne crois pas qu'il a réussi.

Ma sœur voulait sortir traîner un peu. Elle insistait pour qu'on aille se promener. J'avais plutôt envie de rester à la maison. Il était environ neuf heures du soir. Le soleil s'était depuis longtemps éclipsé et il régnait un froid humide qui vous transperce les os. Philo s'était déjà emmaillotée dans son foulard qu'elle avait remonté par-dessus son nez de sorte qu'on n'arrivait qu'à apercevoir ses yeux. Elle semblait maussade.

— Il fait froid, non? dis-je en espérant qu'elle se rétracterait.

— C'est pas grave, c'est la soirée du jour de l'An, répliqua ma sœur suppliante.

Je regardai Philo avec étonnement. Ma sœur était rarement suppliante. Elle pouvait être persuasive, autoritaire, convaincante, mais pas suppliante. J'enfilai mes bottes. Une fois sur le trottoir, je lui lançai un tout simple :

— Philo, ça va ?

— Je sais pas.

— Qu'est-ce que t'as ?

— C'est papa…

— Qu'est-ce qu'il a ?

— Il était triste à Noël, hen ?

— Ouais… mais c'est normal, non ? On est tous toujours un peu tristes.

— Je sais pas, répéta Philomène, soucieuse.

— Je comprends pas…

— Je sais pas Béate, papa n'a pas l'air bien.

— Qu'est-ce que tu veux dire ?

— Je sais pas, s'acharna à répondre ma sœur.

Je restai muette quelques instants. Philomène et moi marchions tranquillement derrière le musée, face à la rivière, admirant la vue imprenable et figée du pont, du parlement tout illuminé et de la glace plus craquante et froide que jamais. De notre angle, le musée ressemblait à une navette spatiale prête à quitter la terre.

— Je comprends pas, m'obstinai-je à dire.

Au même moment, je vis ma sœur pointer un petit monsieur qui marchait très rapidement dans le stationnement tout près de nous. Il avait la tête cachée dans le capuchon de son manteau de feutre brun.

— Monsieur Pham ! s'écria ma sœur, surprise.

Le monsieur s'arrêta instantanément, tourna la tête vers nous :

— Vous ! affirma-t-il, interdit.

Je ne l'aurais jamais reconnu. Il semblait plus vif, plus petit, moins distingué et surtout, il portait du brun. Il traînait un sac de plastique blanc au bout de ses gants trop grands. Ça ne ressemblait pas tout à fait à M. Pham.

— Mais qu'est-ce que vous faites là ? lui demandai-je interloqué.

— J'allais voir Mohamed. Je suis persuadé qu'il est seul ce soir. Je lui apporte des rouleaux et un bon vin de dépanneur ! répondit M. Pham en riant.

— Nous y allons avec vous, répliqua aussitôt Philomène, flairant l'occasion de passer une soirée plus divertissante qu'elle ne semblait s'annoncer.

Nous avons presque couru jusque chez Mohamed parce que ma sœur ne semblait plus sentir ses pieds. Nous formions un étrange trio : M. Pham qui paraissait vêtu d'un vêtement brun qui n'était pas le sien ; Philomène camouflée jusqu'aux yeux par son foulard en tricot rouge ; et moi, avec mon manteau d'astronaute noir. Une fois sur le perron, M. Pham sonna. Après quelques minutes, il cogna, puis sonna à nouveau : aucune réponse.

— Je sais qu'il est là, affirma-t-il, catégorique.

Il s'est alors approché de la fenêtre givrée du salon en y collant son visage. Il frappa directement dans la vitre en criant :

— Momo, j'te vois, allez, ouvre !

Philomène et moi avons fait la même chose. On pouvait apercevoir Mohamed assis dans un fauteuil berçant, les pieds sur un pouf, la tête penchée vers l'arrière avec des écouteurs qui lui couvraient les oreilles. Il semblait assoupi. Philomène essaya la porte arrière afin d'entrer. Elle commençait à s'impatienter. M. Pham continuait quant à lui à cogner frénétiquement à la fenêtre ; de toute évidence, nous ne passerions pas la soirée du jour de l'An chez Mohamed.

— Bon. Commençons sans lui, dit M. Pham en s'assoyant sur les marches du perron.

Il sortit alors une bouteille de vin de son sac. Ouvrit ensuite une petite boîte de carton dans laquelle étaient disposés quelques rouleaux impériaux accompagnés de leur délicieuse sauce au poisson et de carottes marinées, puis déclara :

— Bonne année, Mes'moiselles.

Assis sur un coin de perron sec, grelottant les uns collés contre les autres, nous avons englouti notre festin du jour de l'An. M. Pham ne semblait pas se préoccuper du froid : il était persuadé que Mohamed viendrait finalement nous ouvrir la porte. La scène était plutôt loufoque et je sentais que Philomène commençait enfin à retrouver son entrain habituel. Puis, la porte s'est effectivement ouverte. L'énorme Mohamed n'a pas du tout semblé surpris de nous voir. Il a déclaré, badin et théâtral :

— Trois clochards qui ont dévoré tout mon foie gras. C'est pire que la fin du monde ! Allez entrez, entrez mes amis !

M. Pham avait les lèvres bleues, Philomène, le bout des oreilles enflées et moi, je ne sentais plus mes mains. Mohamed semblait trouver cela bien drôle. Il nous servit tout de même un petit scotch sans glace pour nous réchauffer. La table était encore une fois remplie de salades et de bouchées. On aurait dit qu'il nous attendait. Tous les quatre, nous nous sommes installés dans le salon. Mohamed avait lourdement repris sa chaise et son pouf. Il nous décrivait avec appétit le festin qui nous attendait, si la terre n'explosait pas à minuit. M. Pham ajoutait des bûches dans le foyer en riant. J'ai pensé qu'il riait toujours. Il resta debout toute la soirée, s'amusant à ranimer le feu jusqu'à ce qu'on ait envie d'ouvrir une porte pour se refroidir un peu. Sans son étrange manteau brun, M. Pham ressemblait enfin à M. Pham.

Nous avons regardé le cadran changer de onze heures cinquante-neuf à minuit sans faire le moindre bruit, dans un silence funèbre, comme si nous craignions réellement que quelque chose arrive. Puis, rien. Absolument rien.

— Oh! Comme c'est ennuyant l'an deux mille, se plaignit Mohamed en allumant un interrupteur près de la porte arrière.

Des centaines de lumières se sont aussitôt allumées dans la cour. Un lion de pierre s'est mis à cracher des boules de feu qui roulaient rapidement sur le sol pour aller s'éteindre dans un bassin de neige. En même temps, d'innombrables petits feux d'artifice multicolores explosaient. C'était tout simplement magique. Il y avait une pluie d'étoiles qui tourbillonnait en recouvrant le sol blanc de petits scintillements jaunes. Mohamed feignait de ne pas remarquer l'éblouissant spectacle, M. Pham souriait affectueusement l'air de se dire « sacré Momo » et Philomène était complètement ébahie. Je ne sais pas comment Mohamed a réussi un tel exploit, mais j'ai presque cru que le musée qu'on pouvait apercevoir au loin allait réellement quitter la terre.

Mohamed a alors subitement déclaré :

— Je vais me coucher.

— Nous, on va rentrer, a répliqué Philomène hâtivement.

M. Pham avait décidé de rester veiller un peu devant le foyer. Nous sommes donc rentrées à la maison toutes les deux. Ma sœur n'a pas prononcé un seul mot pendant tout le temps que dura le trajet. En ouvrant la porte, nous avons aperçu papa sur le sofa. Il semblait s'être installé là pour la nuit avec une couverture et un oreiller. Son ordinateur était déposé devant lui, sur le sol, encore ouvert. Il avait le front perlant de sueur et le teint un peu fiévreux. Ce n'était pas tout à fait normal.

— Papa... murmura doucement Philo en lui touchant l'épaule.

— Oh, les filles, bonne année ! répondit papa somnolent.

— Mais qu'est-ce que tu fais là ? dis-je, inquiète.

— Je n'arrivais pas à dormir, puis je remue tellement que je dérange votre mère.

— Est-ce que ça va, papa ? demanda Philomène.

— Très très très bien... Pas de bogue, rien. L'an deux mille est un gros pétard mouillé, affirma-t-il comme dans un rêve.

J'ai regardé Philo avec un air satisfait. Outre son obsession maladive pour l'informatique, papa allait très bien. Il faut croire que ma sœur n'en était pas aussi convaincue que moi parce que je l'ai entendue prendre des pilules dans la pharmacie, mouiller une serviette et monter à nouveau au salon avant d'aller se coucher elle aussi.

36

BONBON ROSE

C'est Philomène qui m'a donné l'adresse de ce bonhomme qui ramasse les vieilles bécanes, les retape et ensuite les revend. L'endroit vaut le détour, ne serait-ce que pour sa maison : un bungalow complètement détraqué. Les fenêtres sont manifestement des pare-brise de vieilles voitures et elles sont scellées par des tubes de bicyclettes usagées. C'est le bric-à-brac le plus biscornu que j'aie vu ! La sonnette est évidemment un klaxon et toutes les poignées de porte, des guidons. Le monsieur en question portait une minuscule casquette de cycliste jaune, un cuissard rouge trop usé et un petit manteau multicolore. Lorsque je lui ai dit que je venais pour acheter un vélo, il s'est emballé, m'a examinée un long moment pour finalement me demander de repasser le lendemain.

Le lendemain, quand je suis arrivée, l'insolite m'attendait avec un large sourire qui révélait ses longues dents avant et qui lui donnait des allures de lapin.

— J'ai votre bicyclette ! affirma-t-il presque en se frottant les mains de satisfaction.

Il me montra alors l'objet : des guidons courbés sur lesquels virevoltaient des guirlandes de plastique, d'énormes garde-boue, des roues dans lesquelles étaient insérées de petites billes bruissant à chaque roulement, un panier avec de fausses fleurs à l'avant, un vieux siège banane en cuir et surtout, surtout, tout cela dans la même couleur monochrome et uniforme : rose.

Un énorme bonbon rose sorti directement d'une autre époque.

— Charmant comme tout, n'est-ce pas? me demanda le bizarroïde trop excité.

— Je...

— Oh! Allez l'essayer! Allez l'essayer! me coupa-t-il, jouissif.

J'ai enfourché l'objet en espérant que personne ne me verrait. J'ai évité de passer devant chez M. Pham et surtout devant chez Mohamed qui se serait fait un trop grand plaisir à me voir rouler sur un bonbon rose. L'engin roulait cependant drôlement bien, je dois l'admettre. J'ai donc décidé de faire une petite balade vers le pont. C'est exactement le chemin que j'emprunterai chaque matin pour me rendre à l'université. Tout juste de l'autre côté, il y a d'ailleurs un petit boulanger français qui fait les meilleurs croissants en ville. En autobus, on passe devant sans pouvoir s'y arrêter, mais à vélo, je pourrais, si je le voulais, y aller chaque matin.

J'étais plongée dans ces réflexions, hypnotisée par le cliquetis des billes de mes roues, lorsque le pneu arrière a éclaté. Je n'avais rien : ni chambre à air, ni pompe, ni portefeuille. J'ai donc honteusement marché, la bicyclette à côté de moi jusque chez le boulanger français, accoté l'engin sur le mur de brique de la terrasse où il n'y avait heureusement personne et suis entrée.

J'ai emprunté le téléphone près de la caisse afin d'appeler à la maison pour que Philomène vienne me chercher. J'avais presque envie de l'envoyer seule retourner la bicyclette chez son énergumène. Mais après une dizaine de sonneries, j'ai entendu le bruit du répondeur. J'ai pensé : «Quelle idée d'attendre aussi longtemps avant de faire déclencher le répondeur, c'est inutile!» J'ai alors appelé maman au boulot en me disant qu'elle pourrait au moins me dire où était Philomène. Or, la bonne femme de la réception m'a assurée que Pauline n'était pas au travail aujourd'hui. Je me suis alors mise à m'imaginer que ma mère avait peut-être un amant secret et qu'elle feignait depuis longtemps de travailler à temps plein. J'ai trouvé cela tout à fait saugrenu et j'ai rigolé toute seule devant la longue file de gens qui attendaient pour payer leur croissant fondant. J'aurais bien eu envie d'en manger un moi aussi. J'ai finalement composé le numéro du cellulaire de papa. Je me doutais bien qu'il ne répondrait pas, mais je pouvais au moins essayer. Parfois, il rentrait plus tôt, ou il travaillait sur la route, alors il pourrait passer me chercher.

À peine une sonnerie et j'ai aussitôt entendu :

— Allo ?

— … Philomène ? Je pensais que je téléphonais à papa !

— Oui… mais on est à l'hôpital, papa ne va pas bien du tout.

J'ai sauté rapidement dans un taxi. Mon bonbon rose est resté avec son pneu crevé sur la terrasse vide du boulanger français. Il me semble qu'une odeur de caoutchouc brûlé me suivait depuis le « allo » de ma sœur.

III

FRAIS

37

FUMIER ET LILAS

À vingt-deux ans, Philomène est déjà une spécialiste de la génétique des truites. Elle veut une famille. Elle habite dans une grande maison avec Marc, le physicien, futur père de ses enfants. Elle n'oublie jamais aucun anniversaire. Elle sépare le blanc des couleurs et les serviettes des caleçons lorsqu'elle fait un lavage. Elle place le rouleau de papier de toilette toujours du même côté. Maman a pris sa retraite de l'hôpital où elle travaillait depuis déjà trente ans. Elle est souvent triste, toujours aussi belle et elle est totalement végétarienne. Elle fait chaque été un énorme jardin dans la toute petite cour arrière. Chaque fois que je sens des lilas, je pense à elle. En fait, même quand je ne sens pas de lilas, je pense quand même à elle. Depuis quelques années, Papa va plus ou moins bien. Il a perdu la vue d'un œil et passe beaucoup de temps à l'hôpital. On ne sait toujours pas ce qu'il a, mais les médecins ne sont pas du tout optimistes. Ça me dévaste de voir mon père malade. Il travaille encore chez Bell. Il pense changer son Mac pour un PC. J'ai envie de lui offrir un iPod à Noël pour le faire changer d'idée. M. Pham est incroyablement pareil, il n'a pas vieilli, il n'a pas changé. Il porte la même chemise blanche, le même pantalon noir soigneusement pressé, ses rouleaux goûtent et coûtent la même chose depuis toujours. Chez lui, tout est tellement reconnaissable qu'on peut croire que le temps s'est figé. Et Wu... je ne sais pas. Soit elle traîne dans les rues de Montréal, soit elle habite chez un monsieur Armani. J'ai tout de même l'absurde impression qu'elle dépérit quelque part.

J'ai décroché le nain géant difforme du bureau jaune burger et je l'ai apporté avec moi dans mon petit appartement qui n'est pas très loin du musée, à quelques rues seulement de chez Mohamed. Je le regarde presque chaque jour. Avant de m'endormir, j'imagine souvent le son du saxophone diaphane et la mélodie du violon miniature de la dame aux genoux enflés, puis je m'ennuie de Joachim. Mon frère me manque terriblement. Je me sens toujours affreusement coupable.

Ça me donne le vertige tout ça. Je ne sais pas quoi penser. Le temps qui passe, comme ça, devant moi, avec moi. Et c'est tout. Rien que ça : une histoire banale parmi tant d'autres, une histoire invisible, imaginaire peut-être. En même temps, ça me semble magnifique tout ça : une histoire particulière, imprévisible; mon histoire. Je ne sais pas. C'est à la fois grandiose et beau. Quelque chose entre un gros tas de fumier puant et un énorme bouquet de lilas aux arômes fruités.

38

L'AUTRE WU

Je marchais entre les rues Jarry et Jean-Talon, sur Saint-Denis, à Montréal. Il devait être à peine 16 heures, une faim terrible me terrassait. J'avais passé la journée à écouter des conférences dans un colloque sur « La modernité et le désenchantement du monde ». J'avais ensuite pris le métro jusqu'à la station Jarry pour m'enfiler quatre expressos dans un café du coin. Puis, je voulais arrêter au marché pour aller chercher une petite confiture de chicoutés sauvages que maman aime tant et je reprendrais finalement le métro pour attraper un bus vers Ottawa avant minuit. Mais, après mes quatre cafés et ma longue journée, j'avais trop faim pour poursuivre ma tournée. Alors, je suis entrée dans un bouiboui asiatique dont je ne me rappelle plus le nom, s'il en avait un. Je n'ai pas voulu prendre de rouleaux impériaux, je ne mange que ceux de M. Pham, alors j'ai plutôt commandé une soupe tonkinoise « avec tripes et tendons s'il vous plaît ».

Je me suis assise, j'ai ouvert un livre, sorti un crayon et me suis mise à réfléchir à ce que j'allais proposer comme sujet de thèse à mon directeur. Je n'y arrivais tout simplement pas, j'étais trop épuisée, alors j'ai tout rangé et simplement regardé par la fenêtre pour me divertir un peu avec le foisonnement de la rue Saint-Denis. J'aperçus un vieil homme aveugle qui peinait à trouver le trottoir, un courrier à vélo qui dévalait la rue, une femme sans dents qui demandait de l'argent et… la boutique d'en face. Je n'y croyais pas ! J'ai tout laissé là, mon sac, mes livres et ma soupe tonkinoise avec tripes et tendons qui venait tout juste d'arriver. Je devais avoir l'air idiote en traversant la rue, comme s'il y avait une apparition miraculeuse devant moi. Je suis certaine que si quelqu'un d'autre regardait le paysage au même moment, il a ajouté au portrait de Saint-Denis : « Une illuminée qui traverse la rue ».

Je me suis arrêtée devant la vitre, complètement ébahie par ce que je voyais. J'en étais certaine : ce ne pouvait qu'être Wu. La peinture qui annonçait l'exposition de la galerie était celle du nain géant difforme. La même, exactement les mêmes couleurs qu'il y a dix ans, avec le kimono or et rouge et le saxophone diaphane. Elle n'avait rien changé. Le tableau était identique, une reproduction parfaite de celui encore accroché à mon mur. Je reconnaissais les moindres détails, les plus petites nuances de ce nain que j'ai si souvent regardé. Je suis entrée sans en être vraiment consciente. La salle était toute petite, l'éclairage tamisé, le plancher étincelant de larges lattes de chêne et de magnifiques moulures. Les murs hauts étaient remplis de tableaux et la salle débordante de gens : c'était le vernissage. Ça sentait le bois, l'huile de lin, la chaux et le bourgogne aligoté. Il y avait du rouge, de l'orange, du noir, du bleu et du vert qui surgissaient de partout comme des faisceaux lumineux qui nous transperceraient le corps. On avait l'impression que les peintures étaient plus vivantes encore que les gens ici. Que les couleurs débordaient, que les étranges personnages sur les murs nous regardaient, nous. Que nous étions simplement leur création, que c'étaient eux qui nous crachaient la vérité par la tête. C'était tout simplement magique.

J'ai reconnu le nain géant, la femme masquée et l'immense madame sans tête aux genoux enflés. Mais il y avait aussi un monsieur d'une largeur inimaginable assis sur un minuscule tabouret, un bonhomme allumette aux pieds trop grands et trop gros ainsi qu'une panoplie de petites peintures représentant des mains, toutes sortes de mains : petites, longues, effilées, miniatures, obèses, déformées, parfaites. Des mains comme votre imagination n'est même pas capable d'en concevoir. Des mains à l'infini, des mains plus variées que possible. Je n'arrivais pas à tout regarder, j'étais tout simplement médusée. Je devais ressembler à une myope qui s'approche trop des toiles, à une égarée qui tourne en rond. Je ne sais pas comment l'exprimer... J'étais estomaquée, stupéfiée.

Il y avait, dans ces peintures, toute la souffrance du monde. Et sa beauté aussi, oui, sa beauté aussi. Tout était là, devant moi. Les contradictions, les paradoxes, les apories, l'ambivalence. Je me sentais en terrain connu. J'aurais voulu que ce soit moi qui aie peint tout ça. J'aurais voulu pouvoir dire ça moi aussi. C'était soulageant. Le même soulagement que lorsque, plus petites, Wu et moi, nous trouvions des mots pour figer ce que nous ressentions. Au milieu de toute cette étrangeté et de ces peintures à la fois magnifiques et grotesques, j'étais apaisée. J'avais la ferme impression de ne pas être seule, de ne pas m'être trompée, de ne pas avoir inventé tous les pigments et les possibilités du monde.

Je regardais les visages, les invités, les journalistes, tout le monde semblait aussi ébranlé que moi. Je reconnus le costume du monsieur qui m'avait ouvert la porte un soir de Noël. Il était ravi. Je ne sais pas qui il est, mais il passait de l'un à l'autre avec aise ; il connaissait tout le monde. Il semblait dans un moment de grâce, comblé, timide aussi. Il m'a saluée discrètement, d'un air solennel, comme quelqu'un qui sait lui aussi que nous assistons à quelque chose d'important. Il m'a reconnue, c'était manifeste.

Et puis, Wu est arrivée. Je l'ai aperçue avant même qu'elle n'entre. Elle avait les cheveux encore plus courts et une multitude de nouveaux dragons tatoués sur les bras et sur les jambes. Elle avait ce même petit visage si beau et si mince. Elle portait une tunique noire asymétrique, nouée uniquement dans le cou qui dévoilait un énorme dragon sur sa nuque. Elle était magnifique, avec sa taille si fine et ses grosses bottes charcoal à moitié lacées. Dans sa main gauche, elle tenait un casque de moto autour duquel était déposé un manteau de cuir noir. C'était une chaude soirée d'automne, mais elle semblait sortie d'une autre saison, d'un autre pays : une apparition d'août en plein novembre. Elle sentait d'ici l'eucalyptus, le cactus et le désert. On aurait pu penser qu'elle n'était qu'un mirage ou un simple dessin de fusain.

Elle était à la fois radieuse et timide devant la petite galerie trop pleine. Je la voyais hésiter à entrer. Elle s'est alors allumé une cigarette pour l'écraser aussitôt. Elle a finalement grimpé les marches deux par deux, poussé subtilement la porte et s'est faufilée discrètement entre les gens. Je l'ai ensuite vue se servir un immense verre de vin qu'elle a bu d'une seule gorgée. Je ne pouvais pas ne pas la fixer, ne pas la regarder, ne pas l'analyser : c'était Wu, Wu plus que jamais elle-même, ma Wu. Elle parcourait la salle des yeux. S'attardait sur un visage, une expression, semblait ne pas croire qu'elle était si bien parvenue à dire ce que l'on ressentait tous. Le monsieur Armani est allé vers elle. Il lui a doucement et affectueusement mis une main sur la hanche en lui chuchotant quelque chose à l'oreille. Elle a levé les yeux vers moi.

Elle n'a même pas semblé étonnée. Comme si c'était la moindre des choses que je sois là, aujourd'hui. Comme si j'avais toujours été là. Elle est restée sur place, calme, stoïque, ravissante et m'a lancé un sourire complice. Le même sourire qu'elle m'avait éternellement servi, ce même sourire dont je connais les moindres nuances et les plus subtiles variations. Elle a bu un deuxième verre de vin, enfilé son petit manteau qui lui serrait si délicatement la taille et est sortie tout aussi doucement qu'elle était entrée. Le monsieur Armani a jeté un regard embarrassé vers le plancher trop bien ciré. J'eus la viscérale et douloureuse impression de n'être pas plus qu'une peinture difforme.

39
L'AUTRE HIVER

Tout à l'heure, j'ai eu une idée étrange. En regardant sur le mur de ma cuisine, j'ai remarqué une de mes affiches qui représente une jolie petite Chinoise avec une cigarette dans la main gauche et un immense dragon rouge tatoué sur la nuque. Je me suis demandé si ce n'était pas Wu. Si, pendant toutes ces années, je n'ai pas eu pour seule amie, une simple affiche en papier de riz.

Philomène a téléphoné. Elle téléphone systématiquement le samedi matin. Je lui ai demandé :

— Philo, est-ce que je m'invente des histoires ?

Elle a ri.

— Sincèrement Philo, est-ce que je m'invente des histoires ?

— Qu'est-ce que tu veux dire, Béate ?

— Sois franche ! Est-ce que je suis comme Joachim ?

Il y eut un silence. J'ai regardé par la fenêtre. Il y avait d'énormes flocons de neige légers qui semblaient presque flotter dans les airs. On aurait dit que quelqu'un les avait artificiellement découpés dans du papier. Ma sœur a hésité. J'ai renchéri :

— Sans blague Philo, est-ce que tu as connu Wu ?

— Mais bien sûr que j'ai connu Wu !

— Tu es certaine ? Et M. Pham ? Ils ne sont pas que des affiches en papier de riz ?

Ma sœur s'est mise à rire aux éclats. Elle a ajouté :

— T'inquiète pas, t'es pas folle, Béate.

J'ai été soulagée. Mais en même temps, cela voulait aussi dire que Wu avait simplement décidé de me bannir étrangement de sa vie. Qu'elle était dorénavant une autre Wu. Je ne sais pas ce que je préfère… mais je suis assurément heureuse de savoir qu'elle va bien : affiche en papier de riz ou non.

— Papa et maman viennent souper demain soir, tu viens? reprit ma sœur.

— C'est d'accord, j'apporte quelque chose?

— Un dessert peut-être?

— Parfait.

— Papa va mieux ces temps-ci.

— Oui, je sais, je lui ai parlé hier, répondis-je, en observant un rayon de soleil transpercer le petit monticule de neige qui se formait fébrilement sur la rampe étroite de mon balcon arrière.

— À demain.

Ma sœur s'apprêtait à raccrocher, mais je lui dis :

— Philo! Tu sais comment on appelle le phénomène qui fait que les cristaux de neige sont parfois colorés par un rayon de soleil?

— C'est une histoire de prismes… là réfraction, il me semble.

— La vitre éclatée de l'auto sur le corps de Joachim avait ces mêmes reflets multicolores.

Ma sœur ne répondit rien.

— Oh! Je suis désolée Philo… je ne sais pas, ça me hantait.

— Mais non, ça va… c'est… c'est triste, c'est tout.

— Oui… je sais.

Il y eut un tendre et long silence.

— À demain.

— À demain.

J'ai glissé des bottes de motoneige dans mes pieds. J'ai oublié mes gants sur le clavier de mon ordinateur. J'ai marché les mains dans les poches de mon énorme manteau jusque chez M. Pham. En ouvrant la porte, j'ai tout de suite su qu'il y avait quelque chose de différent. J'ai immédiatement regardé M. Pham avec un point d'interrogation et un regard inquiet. Il a tranquillement dessiné un demi-sourire sur ses minces lèvres en dandinant légèrement la tête, incrédule. Il a alors déclaré, tout en continuant à feuilleter son journal :

— La clochette.

— La clochette?

— J'ai simplement enlevé la clochette de la porte.

Oui, c'était ça : la clochette. Je respirais. Il avait simplement enlevé la clochette. J'étais tellement habituée de l'entendre qu'il m'avait immédiatement semblé que quelque chose n'allait pas. M. Pham tentait de contrôler son envie de rire, je le voyais bien.

— Il y a un article sur Wu, me dit-il affectueusement en me tendant le journal.

J'aperçus une photo du fameux nain. Ce devait être un article sur l'exposition. Je le pris, le roulai doucement et le mis dans la poche intérieure de mon manteau en me disant que je ne voulais pas que la neige le mouille. Il ajouta :

— Je m'étais mis à m'imaginer que Wu n'avait peut-être jamais réellement existé.

— Moi aussi... qu'elle n'était peut-être qu'une simple affiche en papier de riz!

Je scrutai attentivement l'expression délicate et amicale du visage de M. Pham. Je pensai que Philomène devait une fois de plus avoir raison à propos de moi : je ne pouvais pas être folle; un M. Pham, ça ne s'invente pas.

* *

*

Il avait neigé juste assez pendant l'heure que je passai au dépanneur pour qu'à mon retour on ne distingue plus la rue des trottoirs. Le sol était d'un blanc aussi éclatant que les chemises de M. Pham. Je marchais lentement avec mes trop grosses bottes détachées, la tuque nonchalamment déposée sur le bout de la tête et l'énorme manteau à moitié ouvert. Je regardais la trace de mes pas sous le soleil cassant de midi et ne pouvais m'empêcher de sourire. Demain, j'irais souper avec papa, maman et Philomène. Ni Wu, ni Monsieur Pham n'étaient des affiches en papier de riz. Et je savais dorénavant que c'était la réfraction qui rendait les cristaux de vitre ou de neige multicolores. Je glissai une main nue dans la poche intérieure de mon manteau et je serrai le nain géant difforme au kimono or et rouge contre moi.

Ça sentait l'hiver, encore, mais l'hiver tout jeune et tout frais ; un hiver aux parfums de printemps.

TABLE DES MATIÈRES

VOIX NARRATIVES
Collection dirigée par Marie-Anne Blaquière

BÉLANGER, Gaétan. *Le jeu ultime*, 2001. Épuisé.

BOULÉ, Claire. *Sortir du cadre*, 2010.

BRUNET, Jacques. Ah…sh*t! Agaceries, 1996. Épuisé.

BRUNET, Jacques. *Messe grise* ou *La fesse cachée du Bon Dieu*, 2000.

CANCIANI, Katia. *Un jardin en Espagne. Retour au Généralife*, 2006.

CANCIANI, Katia. *178 secondes*, 2009.

CHICOINE, Francine. *Carnets du minuscule*, 2005.

CHRISTENSEN, Andrée. *Depuis toujours, j'entendais la mer*, 2007.

CHRISTENSEN, Andrée. *La mémoire de l'aile*, 2010.

COUTURIER, Anne-Marie. *L'étonnant destin de René Plourde. Pionnier de la Nouvelle-France*, 2008.

COUTURIER, Gracia. *Chacal, mon frère*, 2010.

CRÉPEAU, Pierre. *Kami. Mémoires d'une bergère teutonne*, 1999.

CRÉPEAU, Pierre et Mgr Aloys BIGIRUMWAMI, *Paroles du soir. Contes du Rwanda*, 2000. Épuisé.

CRÉPEAU, Pierre. *Madame Iris et autres dérives de la raison*, 2007.

DONOVAN, Marie-Andrée. *Nouvelles volantes*, 1994. Épuisé.

DONOVAN, Marie-Andrée. *L'envers de toi*, 1997.

DONOVAN, Marie-Andrée. *Mademoiselle Cassie*, 1999. Épuisé.

DONOVAN, Marie-Andrée. *L'harmonica*, 2000.

DONOVAN, Marie-Andrée. *Les bernaches en voyage*, 2001.

DONOVAN, Marie-Andrée. *Mademoiselle Cassie*, 2ᵉ éd., 2003.

DONOVAN, Marie-Andrée. *Les soleils incendiés*, 2004.

DONOVAN, Marie-Andrée. *Fantômier*, 2005.

DUBOIS, Gilles. *L'homme aux yeux de loup*, 2005.

DUCASSE, Claudine. *Cloître d'octobre*, 2005.

DUHAIME, André. *Pour quelques rêves*, 1995. Épuisé.

FAUQUET, Ginette. *La chaîne d'alliance*, en coédition avec les Éditions La Vouivre (France), 2004.

FLAMAND, Jacques. *Mezzo tinto*, 2001.

FLUTSZTEJN-GRUDA, Ilona. *L'aïeule*, 2004.

FORAND, Claude. *Ainsi parle le Saigneur*, 2006.

FORAND, Claude. *R.I.P. Histoires mourantes*, 2009.

GAGNON, Suzanne. *Passeport rouge*, 2009.

GRAVEL, Claudette. *Fruits de la passion*, 2002.

HARBEC, Hélène. *Chambre 503*, 2009.

HAUY, Monique. *C'est fou ce que les gens peuvent perdre*, 2007.

JEANSONNE, Lorraine M. M. *L'occasion rêvée… Cette course de chevaux sur le lac Témiscamingue*, 2001. Épuisé.

LAMONTAGNE, André. *Le tribunal parallèle*, 2006.

LAMONTAGNE, André. *Les fossoyeurs. Dans la mémoire de Québec*, 2010.

LEPAGE, Françoise. *Soudain l'étrangeté*, 2010.

MALLET-PARENT, Jocelyne. *Dans la tourmente afghane*, 2009.

MALLET-PARENT, Jocelyne. *Celle qui reste*, 2011.

MARCHILDON, Daniel. *L'eau de vie (Uisge beatha)*, 2008.

MUIR, Michel. *Carnets intimes. 1993-1994*, 1995. Épuisé.

PIUZE, Simone. *La femme-homme*, 2006.

RESCH, Aurélie. *La dernière allumette*, 2011.

RESCH, Aurélie. *Pars, Ntangu!*, 2011.

RICHARD, Martine. *Les sept vies de François Olivier*, 2006.

ROSSIGNOL, Dany. *L'angélus*, 2004.

ROSSIGNOL, Dany. *Impostures. Le journal de Boris*, 2007.

THÉRIAULT, Annie-Claude. *Quelque chose comme une odeur de printemps*, 2012.

TREMBLAY, Micheline. *La fille du concierge*, 2008.

TREMBLAY, Rose-Hélène. *Les trois sœurs*, 2012.

VICKERS, Nancy. *La petite vieille aux poupées*, 2002.

YOUNES, Mila. *Ma mère, ma fille, ma sœur*, 2003.

YOUNES, Mila. *Nomade*, 2008.

Imprimé sur papier Silva Enviro
100 % postconsommation
traité sans chlore, accrédité Éco-Logo
et fait à partir de biogaz.

Couverture : Stéphane Paquet,
Sans Titre, Montréal (Mile End), 2011.
Photographie de l'auteure : Daniel Leblanc
Maquette et mise en pages : Anne-Marie Berthiaume
Révision : Frèdelin Leroux

Dépôt légal, 2e trimestre 2012
ISBN 978-2-89597-265-5

Achevé d'imprimer en avril 2012
sur les presses de Marquis Imprimeur
Cap-Saint-Ignace (Québec) Canada